SAUERLÄNDER

Anne Charlotte Voorhoeve, geboren 1963 in Bad Ems studierte Politikwissenschaft, Amerikanistik und Alte Geschichte in Mainz. Nach Stationen an der University of Maryland, USA und verschiedenen Verlagen lebt und arbeitet Anne Voorhoeve heute als freie Autorin in Berlin. Sie wurde vielfach ausgezeichnet, u.a. mit der Nominierung für den Deutschen Jugendliteraturpreis und dem Buxtehuder Bullen.

Weitere Informationen zum Kinder- und Jugendbuchprogramm der S. Fischer Verlage finden sich auf
www.blubberfisch.de und *www.fischerverlage.de*

Anne C. Voorhoeve

Wir 7 vom Reuterkiez

SAUERLÄNDER

MIX
Papier aus verantwortungsvollen Quellen
FSC® C083411
www.fsc.org

Erschienen bei FISCHER Sauerländer

Umschlaggestaltung: Michael Schriewersmann, MT-Vreden
Lektorat: Petra Deistler-Kaufmann
Satz: Dörlemann Satz, Lemförde
Druck und Bindung: CPI books GmbH, Leck
Printed in Germany
ISBN 978-3-7373-5379-3

Für Nesrin

Inhalt

9 Irgendwas stimmt nicht
20 Bloß keine Abstimmung!
30 Auf der Couch
42 Neukölln für starke Nerven
52 Jeden Samstag
60 Braun
69 Kopftücher, wohin das Auge blickt
85 Die Schlange
94 Jahrestag
110 Eingerüstet
122 Der zwanzigste Name
130 Spuren
143 Ein voller Erfolg
155 In der Falle
167 Camping
182 Ohne mich
195 Krisensitzung

205 Wenn der Anwalt klingelt
217 Lebe wild und sei gefährlich
230 Das letzte Drehbuch

Irgendwas stimmt nicht

Jonas und ich waren die Letzten, die davon erfuhren – wenn du Rifat nicht mitzählst, der damals erst fünf war, oder das Gespenst im Erdgeschoss, Herrn Schnuck, der Tag und Nacht die Rollos unten lässt und niemandem die Tür aufmacht. Nach Anbruch der Dunkelheit kannst du ihn zum Spätkauf schlurfen sehen, in Jogginghose, Unterhemd und Pantoffeln und mit langen, in alle Richtungen abstehenden Haaren, als hätte er sie mit dem Staubsaugerrohr geföhnt.

Jonas und ich waren erst mal nur froh, dass die Streiterei aufgehört hatte. Das Große und das Kleine Brüllen, wie mein Bruder es nannte, der zwei Jahre älter ist als ich und tiefer nachdenkt.

»Also, für mich ist das immer ein großes Brüllen«, hatte ich erklärt.

»Nein, sieh doch mal«, entgegnete er. »Es gibt riesige Unterschiede! Gestern zum Beispiel hat es nur elf Minuten gedauert, das ist fast eine Stunde weniger als am Sonntag.«

Jonas hielt mir das Heft unter die Nase, das er im Spalt zwischen Bettrahmen und Matratze versteckte und in dem er gewissenhaft dokumentierte, wann und wie lange unsere Eltern stritten. Neben Datum und Uhrzeit konnten wir nachlesen, ob Juliane anschließend geweint oder das Haus verlassen hatte, oder wie lange Linus mit seinem Kopfhörer rumgelaufen war und so getan hatte, als existierten seine eigenen Kinder nicht.

Aber ehrlich gesagt, guckte ich mir nur Jonas zuliebe hin und wieder seine Eintragungen an. Die Feinheiten des Brüllens interessierten mich überhaupt nicht, ich wollte nur, dass es endlich aufhörte.

Deshalb war ich auch so froh, als Jonas fast drei Wochen nichts eintragen musste. Wir wussten es noch nicht, aber das letzte Datum in seinem Heft würde für immer der 11. Mai 2012 bleiben. Wenngleich aus völlig anderen Gründen, als wir dachten.

Seit diesem Tag herrschte eine komische Stille bei uns. Jeder Schritt, jeder Ton, jedes Wort, das meine Eltern miteinander redeten, war wie in Watte gepackt. Total höflich, als lernten sie sich gerade erst kennen, und vielleicht hatten sie ja genau das beschlossen: noch mal von vorn anzufangen, warum schließlich auch nicht?

Linus ging mit uns ins Spaßbad, ins Kino *und* in den Zoo, lauter Sachen, die er normalerweise zu teuer findet, und Juliane schlüpfte vor dem Zubettgehen unter meine Bettdecke und wollte wissen, ob ich sie lieb habe und ob es mich je gestört hat, dass wir nicht Papa und Mama zu unseren Eltern sagen wie die meisten Kinder.

»Nein, aber ich kann mich sicher noch umgewöhnen, wenn du willst«, bot ich an.

»Nicht nötig, Schätzchen, solange es dir nichts ausmacht«, erwiderte meine Mutter.

Je mehr ich mich in die Idee des Neuanfangs hineinversetzte, desto besser gefiel sie mir. Wenn meine Eltern noch mal von vorn anfingen, dann war es doch nur logisch, dass auch Jonas und ich etwas Neues ausprobierten!

Jonas war auch dafür. Gleich am nächsten Tag beim Abendessen legten wir los und nannten die beiden bei ihren neuen Namen, hängten *Mama* und *Papa* praktisch an jeden Satz. Das Ganze wurde ein wenig dadurch erschwert, dass Linus beziehungsweise Papa im Wohnzimmer vor dem Fernseher aß und nicht bei uns in der Küche, aber wir trabten unbeirrt zwischen unseren Eltern hin und her und taten unser Möglichstes, um sie bei ihrem Neustart zu unterstützen.

Dabei holten sie in Wirklichkeit bloß tief Luft für ihre Nachricht.

Wenn du in unserem Haus Neuigkeiten verbreiten willst, hängst du sie entweder an die Magnettafel neben den Briefkästen oder du erzählst sie Frau Gries. In diesem Fall sind sie schneller unterwegs, als du die Treppe zwischen unseren Wohnungen hoch und runter laufen kannst.

Am 19. Mai, einem Samstag, fing Frau Gries Nesrin und mich vor ihrer Tür ab, als wir gerade eine Babybadewanne voller fleischfressender Pflanzen vom dritten Stock nach unten schleppten. Die fleischfressenden Pflanzen stammten aus der Sachkunde-Projektwoche im letzten Schulhalbjahr, die einige Stubenfliegen das Leben gekostet hatte. Unser Lehrer hatte keinen Schimmer, dass Nesrin und ich den Topf, den er zu Anschauungszwecken angelegt hatte, aus dem Kompost geklaut hatten, aber natürlich wollten wir wissen, wie es weiterging und ob die kleine Pflanze, die wir Audrey getauft hatten, wirklich groß, größer und immer hungriger werden würde wie in *Der kleine Horrorladen*.

Man kann sagen, dass das Experiment uns ein wenig über den Kopf gewachsen war. Audrey war nicht größer geworden, sie hatte sich vermehrt wie verrückt und langsam wussten wir nicht mehr, wie wir ihren Appetit stillen sollten. Deshalb hatten wir an diesem Morgen beschlossen, Audrey mitsamt ihren Kindern und Enkeln am Teich in der Hasenheide auszusetzen, wo es von Mücken nur so wimmelt. Ich hatte etwas Bedenken wegen der kleineren Hunde, die in dem Teich baden, aber Nesrin behauptete, es würde bestimmt rechtzeitig eine Meldung in der *Abendschau* geben.

Frau Gries wohnt im zweiten Stock zwischen Kemals und uns. Sie war schon da, als unsere Wohnung noch eine WG war und mein Zimmer das von Julianes Freundin Frida.

»Wie geht es dir, Pia?«, fragte sie und blickte mir tief in die Augen.

Ich stellte mich direkt vor die Audreys und setzte einen möglichst unverfänglichen Gesichtsausdruck auf, damit Frau Gries nicht auf den Gedanken kam, die Badewanne näher zu untersuchen. Von der anderen Seite rückte Nesrin dichter an mich heran, zweifellos in derselben Absicht. Das Tolle an besten Freundinnen ist, dass man immer gleich kapiert, was die andere vorhat, vor allem wenn man sich schon ein Leben lang kennt wie Nesrin und ich.

»Mir geht es bestens«, gab ich zur Antwort und setzte rasch hinzu: »Und Ihnen?«, weil Kinder, die gerade etwas ausfressen, immer besonders höflich sind.

Doch zu meiner Überraschung murmelte unsere Nachbarin: »Meine arme Kleine«, kam einen Schritt auf mich zu – und im nächsten Moment fand ich mich auch schon an ihren sofakissenweichen Bauch gedrückt.

Uff! Jeder von uns kennt Erwachsene, die gern knutschen, aber Frau Gries gehört nicht dazu und augenblicklich befiel mich dieses komische Gefühl. Dieser leichte Schwindel, wenn irgendwo tief in dir eine Alarmglocke in Schwingung gerät.

Mein gefürchteter Zahnarztbesuch lag zwei Wochen zurück. Meine Versetzung war nicht gefährdet. Keiner meiner Eltern hatte seinen Job verloren – oder?

Wovon in aller Welt redete sie?

Ich stemmte beide Hände gegen die weiche Masse ihres Bauches und erkämpfte eine Armlänge Abstand, um Nesrin einen hilfesuchenden Blick zuwerfen zu können – als ich etwas noch Alarmierenderes entdeckte als die Umarmung von Frau Gries.

Meine Freundin Nesrin schaute mich traurig an. Eine Sekunde nur, dann studierte sie so aufmerksam die Schrammen auf unseren hundertzweijährigen Treppenhausdielen, als hätte jemand eigens für uns eine Botschaft eingeritzt. Aber die Sekunde gab mir den Rest. Die Alarmglocke gongte los wie verrückt.

Denn Nesrin sieht nie traurig aus. Nie! Warum auch? Sie hat die schönsten schwarzen Locken und das hübscheste Gesicht von allen in der Klasse, sie hat Eltern, die sich nach jedem Streit einen Kuss geben, und ist mit dem halben Kiez verwandt. Um die Badewanne in die Hasenheide zu schaffen, würden wir sie bloß ein paar hundert Meter zur Kottbusser Brücke schleppen müssen, wo uns ganz sicher einer ihrer Onkel mit seinem Taxi auflesen würde.

Nesrin ist genau zwei Monate älter als ich. Wir wohnen schon immer im selben Haus, wir waren zusammen bereits im Kindergarten und in Quarantäne wegen Mumps. Es gibt nichts, was wir nicht miteinander bequatschen.

Bis zu diesem Samstag, als ich den Mund aufklappte, um zu fragen, was los war – und kein Wort herausbekam. Ich brachte es einfach nicht fertig, zu fragen. Nicht einmal meine beste Freundin.

»Was habt ihr denn da in der Badewanne?«, fragte Frau Gries und reckte den Hals.

»Fleischfressende Pflanzen«, erklärte Nesrin. »Wir haben sie in Pias Zimmer gezüchtet, aber langsam werden sie gefährlich und deshalb müssen sie in den Park umziehen.«

Frau Gries wackelte anerkennend mit dem Kopf. »Kinder!«, meinte sie. »Ihr habt Phantasie. Wie ihr es schafft, noch in der traurigsten Lage eure Witze zu reißen, davon können wir Erwachsenen uns eine Scheibe abschneiden. Kopf hoch, Pia! Bestimmt wird alles wieder gut.«

Sie klopfte mir aufmunternd auf die Schulter und wir machten, dass wir mitsamt den Audreys das Weite suchten.

Direkt vor unserer Haustür schoben sich Menschenmassen vorbei, wie immer an Markttagen, so dass wir nur langsam vorankamen. Unsere Straße liegt auf der Schattenseite des Landwehrkanals, der quer durch Berlin von der Spree in die Spree fließt. Eine Seite der Straße besteht aus mehrgeschossigen Altbauten mit kleinen Läden und Restaurants im Parterre, auf der anderen Seite liegt hinter einem niedrigen Zaun der Kanal. Drüben, auf der Sonnenseite, liegt Kreuzberg, sind die teureren Häuser, die grüneren Bäume und breiteren Uferwege, aber die Leute, die auf den Ausflugschiffen vorbeifahren, gucken auf diesem Streckenabschnitt meist zu uns rüber, weil auf unserer Seite einfach mehr los ist.

Auch jetzt schallte wieder ein Lautsprecher übers Wasser und begleitete uns die Straße hinunter. »Dienstags und freitags ist Türkenmarkt, ein orientalischer Straßenbasar«, quakte eine Männerstimme, »samstags finden Sie hier den Neuköllner Stoffmarkt mit völlig anderem Publikum und Angebot. Dinkelpfannkuchen und Granatapfelcreme statt Döner und Falafel! Und wenn Sie Ihren Blick bitte kurz auf die Ecke Liberdastraße/Maybachufer richten, können Sie zwei achtjährige Mädchen sehen, die eine Babybadewanne schleppen. Erkennen Sie die dunkle Wolke über dem Kopf der kleinen Blonden? Pia Metternich ahnt nicht einmal, aus welcher Richtung das Unheil kommt, das sich gerade über ihr zusammenbraut ...«

Ich blinzelte erschrocken und muss wohl stehen geblieben sein, weil von hinten auf einmal Leute gegen uns prallten. Erst als Nesrin: »Was ist los?« fragte, wurde mir klar, dass ich mir die Stimme diesmal nur eingebildet hatte. Bei uns kann es nämlich jederzeit vorkommen, dass wir zu Sehenswürdigkeiten werden, kaum dass wir vor die Haustür treten. Als ich mit Nesrin, ihren Brüdern und Cousins vor zwei Tagen auf der anderen Uferseite gewesen war, hatte es keine fünf Minuten gedauert, bis es vom Panoramadeck der *Spreeperle* schallte: »Zu Ihrer Rechten sehen Sie einen Boule-Platz und eine Gruppe türkischer Kinder beim Spiel.«

»Nichts ist los, was soll denn sein?«, erwiderte ich rasch, packte den Badewannengriff fester und ging weiter. Aber es gab kein Entrinnen. Ich kann nämlich immer am besten nachdenken, wenn ich mich bewege, und dies selbst wenn ich es gar nicht will. Und so fielen mir gleich mehrere Antworten auf meine nicht gestellte Frage von vorhin ein.

Antwort A

Einer von uns Vieren war schwer krank. (Unwahrscheinlich. Keiner war in letzter Zeit beim Arzt gewesen.)

Antwort B

Wir zogen in eine andere Stadt. (Nie im Leben!)

Antwort C

Meine Eltern ließen sich scheiden.

»Was sind denn das für interessante Pflanzen?«, drang die Stimme einer Frau an mein Ohr. »Ist das ein Lauchgewächs? Kann man die essen?«

»Lieber nicht«, sagte Nesrin. »Ich glaube, sie würden versuchen, Sie in die Lippe zu beißen.«

»Das ist kein Lauch-, das ist ein Schlauchgewächs«, mischte sich Kalle ein, der Pfarrer unserer katholischen Kirche. »Eine wunderschöne, kräftige Züchtung. Stellen Sie sie auf Ihr Fensterbrett und Sie haben das ganze Jahr Ruhe vor Mücken und Fliegen.«

Sofort fragte die Frau: »Wie ist es mit Kleidermotten?«

»Kleidermotten mögen sie am liebsten«, behauptete Nesrin.

Die Frau warf einen neuerlichen langen Blick in unsere Badewanne, der alle, die sich auf dem engen Bürgersteig hinter uns stauten, automatisch zwang, dasselbe zu tun. Dann erklärte sie: »Fünf Euro für zwei Stück. Habt ihr eine Tüte?«

»Augenblick!«

Nesrin rannte los, um an einem der Stände Tüten zu schnorren. Bis sie zurückkehrte, hatte ich bereits vier weitere Pflanzen verkauft. Kalle hatte sich an meiner Seite positioniert und sagte an den passenden Stellen: »Herzlichen Glückwunsch, Kinder, es ist wirklich eine sehr schöne, kräftige Züchtung.«

Es war wie im Werbefernsehen. Nach einer halben Stunde war unsere Wanne leer. Flüsternd berieten wir, ob wir nicht eine Audrey behalten und von vorn beginnen sollten, aber wir waren uns einig, dass wir die Schnauze voll hatten vom Fliegenfangen.

Der Tag, an dem Nesrin und ich die Audreys verkauften, war einer der schönsten, abwechslungsreichsten Tage seit langem. Eigentlich.

An diesem Abend sagte Jonas zum ersten Mal: »Irgendetwas stimmt nicht.«

Bloß keine Abstimmung!

Die Köpfe von Kindern und Erwachsenen müssen völlig unterschiedlich funktionieren. Wenn du deinen Kindern sagen willst, dass du dich scheiden lässt, dann tust du das doch nicht bei eurem Lieblingsitaliener! Dann suchst du dir einen, wo dir die Pizza schon vorher nicht geschmeckt hat und wo dich der Besitzer, den du kennst, seit du kauen kannst, danach nicht dauernd auf der Straße anhält und fragt, warum keiner von euch mehr kommt.

Dabei wussten Jonas und ich schon so gut wie Bescheid, als Juliane und Linus uns am 31. Mai endlich einweihten. Die mitfühlenden Blicke und das Getuschel hinter unserem Rücken konnten ja keiner Fledermaus entgehen. Ich unternahm noch einen letzten Rettungsversuch, indem ich mir eine Pizza Salami bestellte und nicht die gute mit dem Spiegelei, aber irgendwie ahnte ich schon, dass es nichts nützen würde. *Luigi*, das war's.

Jonas hatte behauptet, dass alles besser sein würde als

der ewige Streit. Da mochte er recht haben, aber so ein Satz war keine Antwort auf die vielen Fragen, die mir im Kopf herumschwirrten. Wie würde unser künftiges Leben aussehen? Mussten wir womöglich selbst entscheiden, bei wem wir wohnen wollten?

Das war meine größte Angst, während ich in der Pizza Salami stocherte. Ich hoffte, dass sie diesen Teil schon ohne uns beschlossen hatten – mich für einen meiner beiden Eltern entscheiden zu müssen, lag völlig außerhalb meiner Vorstellung. Aber viel Hoffnung machte ich mir nicht. Ich wette, es gibt keine Familie in der ganzen Straße, in der so viel abgestimmt wird wie bei uns.

»Hände hoch, wer für Pudding ist und nicht für Eis!«

»Haben wir eine Mehrheit für *Rummykub* oder *Uno*?«

Hand aufs Herz – wer liebt Juliane vielleicht ein bisschen mehr als Linus?

Und was, wenn wir beide zum selben Elternteil wollten? Würden sie auf die Idee kommen, uns aufzuteilen? Meine Eltern sind stark gerechtigkeitsempfindlich und mit einem Mal spürte ich, dass sie uns genau dies aufschwatzen würden: ich zu Juliane, Jonas zu Linus. Und an den Wochenenden würden mein Bruder und ich uns kurz begegnen, wenn wir einander die Klinke in die Hand gaben.

Während ich mir all das ausmalte, bekam ich plötzlich größte Lust, die Pizza Salami wie ein Frisbee Richtung Vorspeisenvitrine zu schleudern. Dabei waren meine Eltern noch immer bei der Eröffnung. Sie hatten erst den Teil hinter uns gebracht, in dem sie dir erzählen, wie sehr sie dich lieben, dass du genau das Kind bist, das sie sich gewünscht haben, und dass sie es schon deinetwegen nicht bereuen, einander kennengelernt zu haben.

Oscar und Lilly zwei Häuser weiter mussten sich ein paar Monate später genau dasselbe anhören. Das hat Lilly mir erzählt. Da unsere Eltern sich nie begegnet sind, sind sie wohl auf derselben Ratgeberseite im Internet gelandet.

»Eure Mutter und ich kennen uns nun seit zwölf Jahren«, erinnerte uns Linus, »und ich lüge nicht, wenn ich sage, dass ich ein Glückspilz war, als sie mich geheiratet hat. Aber zwölf Jahre sind eine lange Zeit und da kann es schon passieren, dass einer plötzlich andere Ideen und Wünsche hat als der andere.«

»Dass euer Vater und ich seit einiger Zeit ziemlich unterschiedliche Vorstellungen haben, ist euch bestimmt aufgefallen«, fiel Juliane ein und machte eine kleine Pause, um uns Gelegenheit zu geben, »Ja« oder zumindest »Ach« zu äußern. Als keiner etwas sagte, fuhr sie einen Gang schneller fort: »Das ist nicht nur seine oder nur meine Schuld, und auf gar keinen Fall ist es eure Schuld! Im Gegenteil, ihr könnt überhaupt nichts dafür. Das dürft ihr nie vergessen!«

Ich schätze, wenn ich nicht ohnehin gewusst hätte, was uns erwartete, hätte ich spätestens an dieser Stelle vor Angst angefangen zu heulen. So merkte ich nur, wie es am Bauch direkt über meinem Gürtel ganz kalt und hart wurde, als ob ich eine Panzerhaut bekäme.

Jonas setzte seine Sonnenbrille auf, obwohl es bei *Luigi* so schummrig ist. Jonas und Panzer, das klappt nie.

»Dass zwei Erwachsene sich im Laufe der Jahre anders entwickeln, ist jedenfalls völlig normal«, nahm Linus den Faden wieder auf, und Juliane nickte ihm lächelnd zu und ich dachte, komisch, dass das plötzlich wieder funktioniert, und vielleicht haben wir uns doch getäuscht und sie wollen uns etwas anderes mitteilen, etwas Schönes.

»Wenn das passiert, kann man sich Rat holen, aber manchmal hilft das auch nicht, dann muss man sich eben damit abfinden und versuchen, wie erwachsene Menschen …«

»Könnt ihr bitte einfach zur Sache kommen?«, unterbrach Jonas.

Julianes Unterlippe begann zu zittern. Es war der Moment, in dem meinen Eltern ein Licht aufging und sie merkten, dass ihre ganzen Ratgeber und Begleitansprachen nichts, was sie uns zu sagen hatten, besser machen konnten. Nicht eine Spur.

»Wir haben das nicht gewollt, das müsst ihr uns glauben«, bat Juliane.

»Schon klar, Mama«, murmelte Jonas.

»Vielleicht hätten wir uns früher Hilfe holen sollen ...«

Ich sagte nichts. Ich mochte meine Eltern nicht einmal ansehen. Ich drückte die Spitze meiner Gabel in Luigis Tisch und beobachtete, wie sie ein Loch ins Holz grub.

»Moment, Moment!«, rief Linus. »Leute, so schlimm ist das alles gar nicht, ihr werdet sehen! Eure Mutter und ich bleiben selbstverständlich Freunde, und wir bleiben beide eure Eltern und ihr bleibt unsere Kinder! Wir werden höchstens ... keine Familie mehr sein.«

Peng. Nach den letzten Worten wurde es so still, dass du eine Spinne die Wand hättest hochkrabbeln hören können. Keine Familie mehr. Weder Jonas noch ich hatten *daran* gedacht.

Juliane holte tief Luft und warf Linus einen gereizten Blick zu. »Das heißt doch nicht, dass ihr keine Familie mehr *haben* werdet! Euer Vater und ich werden nach wie vor für euch da sein, nur der äußere Rahmen wird sich ein klein wenig ändern.«

»Woran es bei uns gehapert hat, ist ja wohl eher der innere Rahmen«, schnappte Linus.

Das war genau die Art von Satz, mit der bei uns so oft das Große Brüllen begann, und bevor alles zu spät war, riss ich mich zusammen und erklärte: »Jonas und ich bleiben aber zusammen!«

Mein Bruder nickte. Was er dachte, konnte ich nicht sehen, weil er immer noch die Sonnenbrille auf hatte.

»Bei wem wir wohnen, müsst ihr bestimmen, nicht wir«, setzte ich hinzu.

»Genau«, bekräftigte Jonas. »Bloß keine Abstimmung. Und wir sind nicht bereit, die Schule zu wechseln.«

Meine Eltern nickten. Sie wirkten mit einem Mal ziemlich fertig, obwohl ich fand, dass wir es ihnen ganz schön leicht machten. Einige Sekunden vergingen.

»Kommt schon, ist das alles?«, fragte Linus und schlug Jonas auf den Rücken. »Das ist die Gelegenheit, uns aufzufordern, euer Taschengeld zu erhöhen.«

Juliane kicherte. Sie war die Einzige. »Nicht komisch, Linus«, sagte sie, als sie es merkte.

Das ist das letzte Mal, dass wir vier zusammen sind, dachte ich und stellte mir den Möbelwagen vor dem Haus vor, die Kisten, die herausgeschleppt wurden und die Familienfotos, die wir nun alle durchschneiden mussten.

»Pia und ich bleiben in unserer Wohnung«, hörte ich meinen Bruder sagen.

Und meine Mutter, zu meiner Überraschung: »Wir bleiben alle in unserer Wohnung. Das ist schon geregelt. Die Hausverwaltung weiß Bescheid und ist einverstanden, und alle Nachbarn werden uns unterstützen.«

»Wie jetzt …?«, fragte Jonas misstrauisch.

»Wir haben eine ganz wunderbare Regelung gefunden, Schatz. Eine Regelung, die nicht auf eurem Rücken ausgetragen wird. Ihr könnt schließlich nichts dafür, dass es mit eurem Vater und mir nicht mehr klappt.«

Plötzlich bekam Juliane ihr Lächeln gar nicht mehr aus dem Gesicht. Es war wie damals an Weihnachten, als wir den Welpen bekamen – als hätte sie eine Riesenüberraschung für uns, die sie vor lauter Freude kaum für sich behalten konnte.

»Ihr könnt eure Zimmer behalten, eure Freunde und eure Schule. Keiner von euch beiden braucht umzuziehen. Für euch ändert sich eigentlich überhaupt nichts.«

Jonas verzog das Gesicht und ich konnte ihm ansehen, dass er auf das große Aber wartete. Genau wie ich. Den Welpen hatten wir auch nach vier Wochen wieder abgeben müssen, wegen Linus' Allergie.

Es war Linus, der die Katze aus dem Sack ließ. »Eine Woche wohnt eure Mutter bei euch, die nächste Woche ich, und so weiter. Samstag bis Samstag, und die Ferien teilen wir auf.«

»Na, was sagt ihr jetzt?«, fragte Juliane triumphierend. »Eine Kinderwohnung!«

Junge, das mussten wir erst mal sacken lassen. Nicht, weil wir es uns nicht vorstellen konnten – das konnten wir auf der Stelle. Aber eine so fabelhafte Idee hatten wir unseren Eltern gar nicht mehr zugetraut. Bei uns wurde über *alles* gestritten: von der Sorte der Cornflakes über die Geräusche beim Essen, vom offenen Klodeckel bis zur Lautstärke der Telefongespräche. Wegen eines einzelnen Haares an Linus' Mantel hatten meine Eltern sich im Winter wochenlang angeschrien. Und jetzt das. Eine Lösung. Eine echte, durchdachte, verdammt geniale Lösung. Wie hatten sie das bloß hinbekommen?

Ich schob meinen Teller zurück, sprang vom Stuhl und fiel meiner Mutter um den Hals. Ich drückte sie, so fest ich nur konnte, damit all die schlechten Gefühle, die sich in meinem Bauch angesammelt hatten, endlich herauskonnten. Schon merkte ich, wie sie einer Mischung aus Freude, Erleichterung und Stolz Platz machten, lauter glücklichen Dingen, die ich meinen Eltern gegenüber schon lange nicht mehr verspürt hatte.

Jonas übernahm Linus. Die Leute an den anderen Tischen schmunzelten und stießen sich gegenseitig an; sie glaubten bestimmt, wir bekämen ein Geschwisterchen.

Als ich mich wieder setzte, war ich ganz außer Atem und Jonas' Gesicht krebsrot, als hätten wir einen Dauerlauf hinter uns. Juliane richtete ihr Haar und zog den Lippenstift nach, Linus nahm seine Brille ab und putzte sie umständlich. Ohne Brille sieht er mit seinen dunklen Wuschelhaaren aus wie Jonas, nur dreißig Jahre älter, während ich das glatte blonde Haar, Augen, Nase und Mund meiner Mutter geerbt habe. Jeder, wirklich jeder erkennt auf den ersten Blick, dass wir zusammengehören, und du kannst dir nicht vorstellen, wie froh mich das auf einmal machte.

Meine Eltern ließen sich scheiden, wie befürchtet. Aber wir würden es schaffen, dennoch eine Familie zu bleiben! Alles Gute würden wir behalten, alles Schlechte loswerden. Das Kleine und das Große Brüllen und die langen Gesichter. Die Tage, an denen sie gar nicht miteinander redeten und an denen du nur auf Zehenspitzen durch die Wohnung laufen mochtest.

Unser ganzes Leben würde so viel schöner werden, dass ich noch gar nicht wusste, wo ich anfangen sollte, es mir vorzustellen.

»Wir werden uns natürlich einschränken müssen«, sagte Juliane unterdessen wieder ziemlich geschäftsmäßig. Meine Mutter arbeitet in einer Anwaltskanzlei und ist diejenige, die bei uns die Ergebnisse der Abstimmungen verkündet. »Drei Wohnungen, das wird teuer. Ich fürchte, der Sommerurlaub ist gestrichen, Kinder.«

»Das macht überhaupt nichts«, erwiderte ich großzügig. »Dann holen Jonas und ich uns eben einen Ferienpass.«

»Was ist mit meinen Fechtstunden?«, fragte Jonas besorgt.

»Das kriegen wir hin. Vielleicht in Zukunft nur noch einmal pro Woche, Schatz ...«

Jonas' Mundwinkel zogen sich nach unten. Fechten ist sein Ein und Alles.

»Wozu brauchen wir drei Wohnungen?«, protestierte er. »Reicht nicht eine Extrawohnung für den, der gerade nicht bei uns ist?«

»Nein, das reicht nicht«, erwiderte Juliane kurz angebunden und vermied es, Linus anzusehen.

Der sagte lahm: »Ich glaube, das waren für heute genug Neuigkeiten.«

»Feigling«, murmelte unsere Mutter, und ich fühlte jäh, wie irgendetwas aus der Nähe meines Herzens eine Etage tiefer sackte und einen Teil des Glücks, das ich eben noch gefühlt hatte, mit sich riss.

Erschrocken blickte ich zu Jonas hinüber. »Ich hab's doch gewusst«, stand meinem Bruder auf die Stirn geschrieben. »Es gibt einen Haken!«

Das alles ist jetzt genau drei Jahre her.

Auf der Couch

Mein Therapeut heißt Dr. Rüdiger Engels und ich treffe ihn jeden Freitag um 14 Uhr. Mein Patenonkel spendiert ihn mir, seit meine Schulnoten im Herbst 2012 anfingen, den Bach runterzugehen. Da die schlechten Noten in etwa denselben Zeitraum fielen, als ich auf die Idee kam, zwei verschiedene Schuhe zu tragen, kann es aber sein, dass das in Wahrheit der Grund ist. Obwohl ich mich frage, was daran so schlimm sein soll. Juliane kann sich schließlich selbst nie entscheiden, was sie morgens anzieht, und während ihre Klamotten wie nach einer Schlacht im ganzen Zimmer herumfliegen, wenn sie aus dem Haus hetzt, stehen bei mir nur zwei übrig gebliebene, unterschiedliche Schuhe im Regal. Wo ist das Problem?

Da Dr. Engels nie mit mir über Schuhe redet, denke ich, dass er es ähnlich sieht wie ich. Eigentlich ist bei mir alles in Ordnung, wir haben uns nur sehr aneinander gewöhnt.

Gleich bei unserem ersten Treffen erklärte mir Dr. Engels,

was ein Arztgeheimnis ist und dass er nichts, was ich ihm erzähle, weitersagen würde: nicht meinen Eltern, nicht meinen Lehrern, selbst meinem Patenonkel nicht, der ihn bezahlt. Da hätte ich mir beinahe an die Stirn getippt. Für wie blöd hielt er mich ...? Zumal ich anfangs überhaupt nichts erzählen, sondern nur malen sollte.

Als ich endlich auf seine Couch umsteigen und etwas sagen durfte, tischte ich ihm zur Probe erstmal ein paar Lügengeschichten auf und machte mich darauf gefasst, dass sie über meine Eltern in Kürze zu mir zurückkamen.

»In Papas Woche sind wir nachts immer allein, weil er nach dem *heute journal* heimlich zu Vicky schleicht und erst zum Frühstückmachen zurückkommt.«

»Vicky ist eine Betrügerin. In ihrem Pass steht, sie ist sechsunddreißig und nicht erst neunundzwanzig!«

»Dauernd bekommen wir anonyme Anrufe. Jonas und ich glauben, das ist der Vater von Max, Vickys Sohn, und dass er neulich unten auf der Straße stand und zu uns hochguckte. Er macht mir Angst. Ich träume sogar schon von ihm.«

Kein Wort kam zurück, kein einziges. Dr. Engels hält tatsächlich dicht und inzwischen bin ich ein totaler Fan des Arztgeheimnisses. (Dr. Engels sowieso, denn wie die Dinge liegen, würde er auch bezahlt werden, wenn er die ganze

Stunde WhatsApp-Nachrichten verschicken und keinen Ton mit mir reden würde, sodass die Möglichkeiten des Arztgeheimnisses auch für ihn ziemlich angenehm sein müssen.)

Jonas trifft *Wiebke Schmidt, Kinderpsychologin*, aber nur einmal im Monat. Seine Noten sind gut, er geht nur zu Frau Schmidt wegen »der Situation«, und am Anfang hat es uns sogar Spaß gemacht, zu vergleichen, was die beiden Kinderkenner uns erzählten. Aber damit haben wir aufgehört. Erstens erzähle ich Jonas ja auch nicht, worüber ich mit Nesrin rede, und zweitens … ist es zwischen uns nicht mehr so wie früher. Ich weiß selbst nicht warum.

Dr. Engels' Praxis liegt auf der Sonnenseite des Landwehrkanals gleich hinter dem Boule-Platz, und die Sonne scheint auf meine unterschiedlichen Schuhspitzen, wenn ich auf seiner Couch liege. Wenn das Fenster offensteht, höre ich wie bei uns die Lautsprecher der Ausflugsschiffe, die den Kanal hinunterfahren, und das Klacken der Boule-Kugeln und die Stimmen der Leute auf den Uferbänken. Dann denke ich oft, wie komisch es ist, dass sich um uns herum überhaupt nichts verändert hat.

»Bist du eingeschlafen, Pia?«

»Nein, aber die Ruhe bei Ihnen ist schon doof. Wie soll man sich da konzentrieren?«

»Kann es sein, dass ich dich gestern dabei beobachtet

habe, wie du mit deinen Freunden versucht hast, ein Fahrradschloss zu knacken?«

Peng. Schlagartig war ich wach. Es hat überhaupt keinen Zweck, Dr. Engels anzulügen.

»Wir haben es nicht richtig geknackt. Wir haben nur geübt, damit es echt aussieht für …«

Ich brach ab. »Fällt das auch unter das Arztgeheimnis?«, fragte ich vorsichtshalber.

»Aber Pia«, erwiderte er. »Ist nicht jede eurer Geschäftsideen bisher darunter gefallen?«

Da hatte er recht. Meine Eltern wissen weder von unserem Fensterputzservice, obwohl der Feuerwehreinsatz zur Rettung von Nesrins Cousine Dilek sogar in der Zeitung stand, noch von *Kasim und die Detektive. Kasim und die Detektive* waren wir letzten Sommer, als in unserer Nachbarschaft ein elfjähriger Junge namens Romano N. vermisst wurde. Wie sich herausstellte, war Romano N. aber bloß nach Bulgarien abgehauen, wo er herkommt und alle seine Freunde hat – da hätten wir bei uns lange suchen können.

»Diesen Sommer machen wir was mit Touristen«, verriet ich. »Wir sind gerade in der Probephase.«

»Oje. Kommen Gäste unserer Stadt zu Schaden …?«

»Überhaupt nicht! Die Touristen werden bloß denken, unser Kiez wäre gefährlich, verstehen Sie? Alles ist nur gespielt. Morgen geht es los. Freuen Sie sich also schon mal auf nächsten Freitag, dann haben wir bestimmt viel zu besprechen.«

»Ich freue mich immer auf Freitag, Pia«, erklärte Dr. Engels. »Nichtsdestotrotz möchte ich gern noch einmal darauf zurückkommen, worüber wir vor deinem kleinen Schläfchen gesprochen hatten …«

»Meine Jahrestagskrise«, brummte ich widerwillig.

»Du bekommst die Daten nicht aus dem Kopf«, übersetzte Dr. Engels.

»Genau. Der 11., 19. und 31. Mai sind für dieses Jahr geschafft, aber am Sonntag ist immer noch der 7. Juni …«

Dr. Engels kritzelte etwas in sein Schreibheft, wahrscheinlich: *7. Juni 2012, Schock auf dem Fernsehturm. Einzelheiten siehe Hefte von 2013 und 2014.*

»Weißt du noch, was wir letztes Jahr besprochen hatten?«, fragte Dr. Engels.

Bis vor zweieinhalb Jahren dachte ich, die Aufgabe eines Kinderpsychologen sei, für eine bessere Stimmung in deinem Inneren zu sorgen. In Wirklichkeit sorgt er dafür, dass du dich deinen Problemen stellst, das ist alles. Hat er selbst zugegeben.

»Dass es gut ist, mich zu erinnern. Dass man alles an sich heranlassen muss, damit die Krise verschwinden kann«, leierte ich brav herunter.

»Na dann mal los«, forderte Dr. Engels mich auf. »7. Juni 2012.«

Erwartungsvoll lehnte er sich zurück, als ob er die Geschichte nicht schon zweimal gehört und aufgeschrieben hätte.

Dr. Engels ist nicht mehr der Jüngste, mindestens fünfzig, mit grauen Haaren, Brille und freundlichen Augen. Er trägt keinen weißen Kittel, sondern Jeans, Pullover und bequeme Sandalen, und eigentlich ist er ein ziemlich erfreulicher Teil der letzten zweieinhalb Jahre geworden – warum ihm also nicht den Gefallen tun?

»Der 7. Juni 2012 war ein Donnerstag«, begann ich. »Noch nie hatte mein Vater uns einen Besuch auf dem Fernsehturm spendiert. Bisher hatte es immer geheißen: ›30 Euro, bloß um zu dritt im Aufzug raufzufahren? Vergiss es!‹ Linus ist Fluglotse und sitzt sowieso den halben Tag in einem Turm.«

Wie sich herausstellte, hatte er sogar 43 Euro berappt, denn oben warteten noch zwei. Aber das ahnten Jonas und ich natürlich nicht. Wir surften seit einigen Tagen auf den Ratgeberseiten für Scheidungskinder, auf die unsere Eltern uns aufmerksam gemacht hatten, sobald wir von *Luigi* zurückgekehrt waren, und nahmen an, dass mein Vater bereits die *Phase des schlechten Gewissens* erreicht hatte, in der er größere Geschenke und echte Attraktionen locker machte. (Die Scheidungskinder im Forum für Betroffene empfehlen, dass du Geschenke annimmst – nicht deinetwegen, sondern weil dein Elternteil sich dann besser fühlt, was wiederum die allgemeine Stimmung heben kann.)

Vom Fernsehturm kannst du aus der Mitte der Stadt über ganz Berlin gucken. Damit es kein großes Gedränge vor den bekanntesten Sehenswürdigkeiten gibt und der Turm womöglich vornüber kippt, dreht sich das Restaurant mit der Aussichtsplattform und du brauchst nur stehen oder sitzen zu bleiben.

Es ist sehr schön und friedlich dort oben. Du staunst, wie groß die Stadt ist, dass die Leute wie Ameisen über den Alexanderplatz wuseln und dass dein Bezirk ganz anders aussieht, als du dachtest. Und während die Dächer der Stadt langsam an dir vorbeiziehen, kommt es dir fast so vor, als würden deine eigenen Probleme schon selbst ein wenig kleiner.

Jonas und ich waren nämlich sehr enttäuscht von unseren Eltern, dabei war der Abend bei *Luigi* erst eine Woche her. Von der geheimnisvollen Nachricht abgesehen, die offenbar noch auf uns wartete, hatten wir uns gut vertragen, hatten Linus und Juliane einander wieder angelächelt und zusammen einen richtig guten Plan gefasst.

Sollte man da nicht meinen, dass wir die Sache mit der Kinderwohnung nun in aller Ruhe angingen? Vielleicht nach den Sommerferien. Besser noch nach Weihnachten. Überhaupt finde ich, der 1. Januar ist ganz allgemein das beste Datum, um etwas Neues anzufangen.

Stattdessen wanderten meine Eltern mit Blicken durch die Wohnung, als wollten sie unsere Einrichtung bei Ebay einstellen, und tags zuvor hatte ich Juliane etwas Längeres, offenbar Kompliziertes auf einem Schreibblock notieren sehen.

Worauf sich Linus ebenfalls mit Block und Stift bewaffnete und fragte: »Hatten wir nicht verabredet, wir machen das gemeinsam?«

»Gemeinsam«, wiederholte Juliane. »Heißt das, du bringst jemanden mit? Mit gemeinsam können du und ich ja wohl nicht gemeint sein.«

Linus wurde rot. »Das ist so typisch«, sagte er. »Kaum glaubt man, es ist alles geklärt, musst du wieder anfangen zu zicken.«

Ich hörte die Tür hinter ihm ins Schloss knallen und sah Juliane lächeln. Man konnte beim besten Willen nicht sagen, dass es sich um ein freundliches Lächeln handelte.

»Wen will Linus denn mitbringen?«, erkundigte ich mich.

»Niemanden, Schatz. In eure Wohnung bringt er niemanden mit, das ist ausgemacht, und wenn er sich nicht daran hält …«

Sie ließ offen, worauf das Wenn hinauslaufen könnte,

aber mich beschlich eine Ahnung, dass ihr Chef, der Anwalt, ins Spiel kommen würde, sobald Linus auf die Idee kam, noch einmal irgendjemanden zu uns nach Hause einzuladen.

»Was ist mit Robin?«, fragte ich alarmiert.

Robin ist Linus' bester Freund und mein Patenonkel.

»Robin kann er von mir aus mitbringen«, erwiderte Juliane. »Aber Pia, wenn gewisse andere Leute kommen, musst du es mir sagen, hörst du? Dein Vater braucht ja nicht zu erfahren, dass ich es von dir weiß.«

Gewisse andere Leute …? Die Alarmglocke in meinem Bauch gab mir ein kleines Zeichen, dass sie da war, ohne dass ich schon hätte sagen können, warum.

»Aber ihr habt doch gesagt, es soll *unsere* Wohnung werden!« In der Tür stand mein Bruder, die Arme verschränkt, und guckte böse.

»Dabei bleibt es auch, Jonas, aber damit im Leben irgendetwas funktioniert, muss man sich eben an gewisse Absprachen halten.«

»Wenn es unsere Wohnung ist, dann dürft ihr die Absprachen nicht ohne uns treffen! Wer in unsere Wohnung darf, bestimmen wir. Schreib das auf!«

Meine Mutter setzte sich auf die Sofalehne, legte den Schreibblock auf ihre Knie und faltete die Hände darüber. Es war ein komisches Gefühl, so vor ihr zu stehen – sie auf dem Sofa, und auf der anderen Seite hinter dem Couchtisch Jonas und ich.

»Ihr habt ja recht«, sagte sie. »Am besten, ihr macht eine Liste mit Regeln, die euch wichtig sind, und euer Vater macht seine Liste und ich mache meine, und dann setzen wir uns zusammen und stimmen ab. Wer ist einverstanden?«

Sie hob die Hand, nach kurzem Zögern folgten Jonas und ich.

»Und Linus?«, fragte ich. »Der war doch jetzt gar nicht dabei.«

»Überstimmt«, entschied Juliane zufrieden, stand auf und ging in die Küche.

»Was soll das denn?«, flüsterte ich Jonas zu. »Seit wann kannst du überstimmt werden, wenn du nicht mit abgestimmt hast?«

Jonas antwortete nicht. Was hätte er auch sagen sollen? Heilige Regeln, die unser ganzes Leben lang gegolten hatten, waren von einem Tag auf den anderen nichts mehr wert.

Den Ausflug auf den Fernsehturm hätte ich am liebsten abgelehnt. Ich wäre lieber mit Nesrin, Dilek und den anderen in die Nachmittagsvorstellung im *Moviemento* gegangen. Aber sollte die »allgemeine Stimmung« in meiner Familie an mir scheitern …?

Also guckte ich gehorsam vom Fernsehturm, und als ich gerade anfing, ein wenig an die Auswirkung von Geschenken auf die allgemeine Stimmung zu glauben, flötete jemand: »Sieh mal, wen haben wir denn da?«, und eine andere Stimme rief begeistert: »Jonas und Pia, Jonas und Pia!«

Ich kenne eine Menge Leute, aber den kleinen blonden Jungen, der quer durchs Restaurant auf uns zustürzte und genau zu wissen schien, wer wir waren, hatte ich noch nie gesehen. Die Frau, die hinter ihm herkam, ebenfalls nicht. Sie trug ein Sommerkleid, obwohl die dazugehörige Jahreszeit noch gar nicht in Fahrt gekommen war, und unwillkürlich blieb mein Blick an der Gänsehaut auf ihren bleichen Armen und Beinen hängen.

Er hing immer noch da, als Linus uns vorstellte (»Kinder, sagt guten Tag, das sind Vicky und Max.«) und ich der Frau die Hand gab. Es war wirklich die beachtlichste Gänsehaut, die ich seit langem besichtigt hatte, und die Lippen der Frau lächelten in der Farbe von Blaubeerkuchen, als sie sagte: »Ihr seid ja noch hübscher als auf den Fotos.« Sie hatte nicht einmal eine Jacke dabei.

Ganz ehrlich: Erwachsene, die etwas Unvernünftiges wagen, haben normalerweise meine volle Anerkennung. Aber zwischen Vicky und mir lief es von der ersten Sekunde an schief, als ob ich gleich gewusst hätte, wer sie war. Dabei kapierte ich das erst nach und nach an diesem Nachmittag – an der Art, wie sie Linus anlächelte, und wie sie dauernd irgendetwas Blödes von uns wissen wollte (nur um wieder Linus anzulächeln, während Jonas oder ich antworteten).

Daran, dass Max uns plötzlich fragte: »Sind wir jetzt Brüder?«

»Aber Maxi«, gluckste Vicky, »Pia ist doch ein Mädchen!«

Was in meinen Augen eine ziemlich bescheuerte Antwort war, selbst für jemanden, der sich gerade bei zwölf Grad Celsius in einem Sommerkleid das Hirn abfror. Und als ich automatisch in diese Region guckte, stellte ich fest, dass ihre Haare rein zufällig genau dieselbe Farbe hatten wie das einzelne Haar auf Linus' Mantel, über das meine Eltern im Winter pausenlos gestritten hatten.

Kennst du einen dieser Filme, in denen die Hauptperson plötzlich merkt, dass sie in einer anderen Zeitzone gelandet ist? So ähnlich fühlte sich dieser 7. Juni 2012 an. Ich glaube, er wird meinen Therapeuten und mich noch lange beschäftigen.

»Und was, denkst du, hat sich verändert seit dem letzten Jahrestag?«, fragte Dr. Engels, nachdem wir am Ende meiner Geschichte eine Minute geschwiegen hatten.

Fred, dachte ich. Samstag, der 27. September 2014.

Aber über Fred hatte ich wirklich noch keine Lust zu reden.

Neukölln für starke Nerven

Nesrin und die anderen warteten auf unserer Seite des Kanals, wie an den meisten Freitagnachmittagen, und während ich auf sie zu schlenderte, begleitete mich der Lautsprecher der guten alten *Spreeperle*: »Der Stadtteil Neukölln durchläuft seit einigen Jahren eine erhebliche Veränderung. Durch den Zuzug jüngerer, finanzstarker Bewohner steigen die Mieten in einem Maße, dass die bisherige Bevölkerung sich das Wohnen hier nicht mehr leisten kann und zunehmend an den Stadtrand gedrängt wird. Türkische Kinder wird man auf den hiesigen Spielplätzen vielleicht bald nicht mehr sehen.«

»Ihr spinnt wohl!«, schrie Nesrin zu dem Schiff hinüber, und alle zusammen brüllten wir: »Wir bleiben hier! Wir bleiben hier!«

Derselbe Text, der auf zusammengenähten Betttüchern aus immer mehr Fenstern in unserer Straße hing. Die Touristen fotografierten wie verrückt.

»Es wird Zeit, dass wir anfangen, Leute«, meinte Kasim.

Früher waren wir immer zu viert gewesen – Nesrin, ihr großer Bruder Kasim, Jonas und ich –, und während wir Richtung Kottbusser Damm gingen, fragte ich mich, wann Kasim und Jonas eigentlich aufgehört hatten, beste Freunde zu sein. Jonas ging seit einem Jahr aufs Gymnasium nach Tempelhof und kam erst spätnachmittags nach Hause, aber das konnte nicht der einzige Grund sein. Mein Bruder hatte schon vorher bei unseren Unternehmungen nicht mehr mitgemacht.

Vielleicht war es ihm und Kasim einfach so gegangen wie Juliane und Linus: Irgendwann war ihnen aufgefallen, wie unterschiedlich sie waren. Jonas mit seinen Büchern, seinen Fechtstunden und seinem Computer, und Kasim, der schon im Laden seines Onkels mithilft und voll blauer Flecken und Schrammen ist vom Skateboardfahren. Er ist dreizehn und unser Anführer, ohne dass je eine Abstimmung darüber nötig gewesen wäre.

Und an Jonas' Stelle sind nun drei andere Jungs dabei, am längsten der dicke Mustafa, dem jeder, wirklich jeder anmerkt, dass er für Nesrin schwärmt und hauptsächlich deswegen bei uns mitmacht. Meist schleppt er den Rucksack mit unseren Wasserflaschen.

Finn-Ole ist ein Klassenkamerad von Kasim und vor einem Jahr aus Nürnberg hergezogen. Seine Eltern haben nicht rechtzeitig mitbekommen, dass deutsche Kinder in anderen Bezirken zur Schule gehen, selbst wenn sie in Neukölln wohnen, und als ihnen nach Wochen endlich auffiel, dass ihr Sohn in einer Klasse mit 90 Prozent Migrationshintergrund sitzt, war er schon mit Kasim befreundet und wollte nicht mehr weg.

Rifat, Kasims und Nesrins kleiner Cousin, ist der heiß beneidete Besitzer eines eigenen Hundes. Man sieht es Braun, einem Staff-Mix, nicht auf den ersten Blick an, aber er dürfte so ziemlich der doofste und warmherzigste Kampfhund in ganz Neukölln sein. In Julianes Wochen darf er manchmal bei mir übernachten.

Wer von uns auf die Idee mit den Kiezführungen gekommen war – ich konnte mich schon nicht mehr erinnern, denn in den gerade mal drei Wochen, die seitdem vergangen waren, hatte sich unsere neue Geschäftsidee rasend schnell weiterentwickelt. Das lag daran, dass wir ziemlich vielen Leuten davon erzählt hatten und dass sie fast alle mitmachen wollten. Und wenn du denkst, das sei nichts Besonderes, dann musst du wissen, dass die meisten unserer künftigen Mitarbeiter Erwachsene waren, oder zumindest viel älter als wir.

Wir hatten, wie Kasim es ausdrückte, in unserem Reuterkiez ein richtig tolles Ding am Laufen. Und ehrlich gesagt, wurde ich verdammt nervös, wenn ich mir vorstellte, dass es schon morgen soweit sein sollte. Bis gestern hatten wir acht Anmeldungen gehabt. Acht! Ob Kasim wirklich so entspannt war, wie er vorgab?

Um diese Zeit waren die meisten Händler auf dem Türkenmarkt bereits dabei, ihre Waren zu verschleudern. Das muss einem nicht leidtun, im Gegenteil: Die Kunden, die erst spät kommen, um Schnäppchen zu ergattern, sind bereits einkalkuliert und ein gutes Geschäft. Touristen in Shorts und Sandalen mischten sich unter Kinderwagen schiebende, Einkaufsrollis ziehende Einheimische, Sonnenhüte unter Kopftücher, englische, französische und spanische Wortfetzen unter das gewohnte Türkisch, Arabisch und Deutsch. Dazwischen die Schreie der Händler: »Das Kilo Erdbeeren nur ein Euro! Billig, billig, lecker, lecker!«

Der Türkenmarkt ist definitiv nichts für Leute mit Platzangst. Der Notarztwagen parkte am hinteren Markteingang, war aber bis auf den Fahrer unbesetzt; die Sanitäter ertappte man vor *Betty's African Kitchen*, wo sie Kochbananen verspeisten.

Ganz in der Nähe liegt der Lotto- und Zeitschriftenladen von Nesrins Onkel Ömer, und mit Stolz und Herzklopfen blickte ich auf das große, bunte Plakat in seinem Schaufenster:

Neukölln für starke Nerven!
Entdecken Sie unter sachkundiger Begleitung die dunklen Seiten des neuen Szenebezirks!
Information und Anmeldung hier im Laden.

Onkel Ömer begrüßte uns, indem er gleich zwei Anmeldelisten schwenkte: eine für unsere Premiere am nächsten Tag, die andere für das kommende Wochenende. Die Liste für nächste Woche war bis zur vorletzten Zeile ausgefüllt.

»Neunzehn Teilnehmer!« Selbst Kasim wirkte geschockt.

»Macht euch nicht in die Hosen«, sagte Onkel Ömer. »Das Schlimmste, was passieren kann, ist, dass sie ihr Geld zurückverlangen.«

»Und wie stehen wir dann da?«

»Als Helden, die es wenigstens versucht haben!«, antwortete Onkel Ömer feierlich und ließ den Blick über uns schweifen, während er stellvertretend für uns alle seinem Neffen auf die Schulter klopfte. »Wir stehen hinter euch, das wisst ihr doch.«

»Dann können wir uns morgen auf dich und Ecki verlassen?«

»Willst du mich beleidigen, Junge?«, erwiderte Onkel Ömer und reichte uns winzige Gläser türkischen Tee, um auf unser Vorhaben anzustoßen.

Dabei war uns allen klar, dass Onkel Ömer nicht das Problem sein würde.

Ecki trafen wir auf der Bank am Schiffsanleger und seine Bierfahne schlug uns entgegen, während er uns versicherte, dass er uns weder vergessen hatte noch hängen lassen würde.

»Ab halb drei stehe ich am Fenster«, wiederholte er seinen Auftrag. »Sobald ich euch an der Bushaltestelle sehe, gehe ich runter zu Ömer.«

»Und auf wen wartet ihr dort?«

»Äh …«, machte Ecki überrascht.

»Husein Kemal«, schärfte Kasim ihm noch einmal ein. »Mein Cousin mit der Glatze.«

»Natürlich, wer denn sonst?«, erwiderte Ecki vorwurfsvoll.

Das kann ja heiter werden, dachte ich und konnte Kasim ansehen, dass auch er zunehmend daran zweifelte, ob es wirklich eine gute Idee gewesen war, Ecki einzuweihen. Dieser hatte auf dem Stuhl neben Onkel Ömers Ladentür gesessen, als wir drinnen unseren Plan besprochen hatten, und plötzlich angefangen zu jubeln und zu krähen, dass er selbstverständlich auch mitmachen wollte.

»Aber als was denn, Ecki?«, fragte Onkel Ömer kopfschüttelnd.

»Als Opfer!«, erklärte Ecki, verdrehte die Augen, griff

sich ans Herz und begann so täuschend ähnlich zu röcheln, dass zwei von uns ihr Handy zückten, um den Notruf anzuwählen.

»Boah, Ecki«, gratulierten wir ihm, nachdem wir ihn mit vereinten Kräften vom Boden aufgehoben hatten. »Warst du mal Schauspieler?«

»Nee, Busfahrer«, sagte Ecki stolz. »Was ist, Leute? Bin ich dabei?«

Erwartungsvoll sah er uns an.

Um ehrlich zu sein, hatte ich Ecki, obwohl ich ihm fast jeden Tag begegnete, bis zu diesem Augenblick nie so richtig wahrgenommen. Er war der freundliche alte Säufer, der im Laufe des Tages alle Sitzgelegenheiten unserer Straße abklapperte. Er störte niemanden, grüßte jeden; Ecki gehörte zum Reuterkiez wie Gaslaternen, Kopfsteinpflaster und überquellende Mülleimer. Aber auf den Gedanken, dass er früher einen Beruf, vielleicht eine Familie, auf jeden Fall ein echtes Leben gehabt hatte, war ich bisher nie gekommen.

»Ich bin dafür!«, erklärte ich, ohne lange nachzudenken.

»Mann, Pia«, sagte Nesrin genervt, »du mit deinen Abstimmungen!«, aber einer nach dem anderen hatten meine Freunde ebenfalls die Hand gehoben und Ecki war vor Rührung fast in Tränen ausgebrochen, als er erkannte, dass wir ihn alle dabei haben wollten.

»Ich würde gern nochmal mit Braun üben«, bettelte Rifat, nachdem wir Ecki zum Abschied gewinkt hatten. Braun, der andere Wackelkandidat, hörte seinen Namen und wedelte zustimmend mit dem Hinterteil.

»Wenn wir nachher noch Zeit haben, üben wir mit Braun«, versprach Kasim. »Aber erstmal müssen wir unsere Leute bei der Stange halten.«

Unsere Leute anzutreffen war nicht schwer – wir brauchten nur die Straße entlang zu gehen und wurden von den meisten bereits erwartet. Als Erstes trafen wir Dilek und Idel, die zwar nur einen kleinen Einsatz hatten, aber nicht müde wurden, sich immer neue Varianten auszudenken, um ihren Auftritt dramatisch weiterzuentwickeln. An diesem Nachmittag begnügten sie sich nicht mehr damit, Nesrin lautstark zu beschimpfen – sie rissen sie herzhaft an den Haaren.

»Seid ihr irre?«, kreischte meine Freundin und trat Dilek gegens Schienbein.

Die anschließende Diskussion, wie weit man im Engagement für eine gute Sache gehen durfte, hielt uns fast eine Dreiviertelstunde auf, sodass wir mit einiger Verspätung bei Herrn Runge, Hatice und Selim ankamen.

Ihre Aufgabe war die gefährlichste. Jeden Abend übten sie auf einem Gewerbehof in der Gradestraße. Das Ergebnis zeigten sie uns als Video auf ihrem Smartphone und wir versicherten: »Wahnsinn«, obwohl wir im Sonnenlicht praktisch nichts erkennen konnten.

Wie echte Stuntleute gaben sie sich zufrieden die Faust. »Ich kann's kaum abwarten«, verriet Herr Runge und strich über sein zerbeultes Taxi.

Ibrahim war der Nächste, und wo immer wir an diesem Nachmittag auftauchten: Alle waren von derselben Vorfreude erfüllt. Unsere Mitarbeiter waren dermaßen erpicht auf ihren Einsatz, dass mir mit jeder Begegnung flauer wurde.

Wenn unser Plan in die Hose ging, hatten wir den ganzen Kiez enttäuscht! Schluss mit den herzlichen Begrüßungen auf Schritt und Tritt; ich konnte mir lebhaft ausmalen, wie ich in Zukunft von Einfahrt zu Einfahrt huschen würde, um den vorwurfsvollen Gesichtern zu entfliehen.

Dabei würde es nicht einmal unsere Schuld sein. Meine Freunde und ich hatten doch nur etwas daraus machen wollen, dass wir für die Touristen so interessant geworden waren! Wer hätte geahnt, dass unser Straßentheater *politisches Engagement* war?

Ein paar Euro hatten wir verdienen wollen, mehr nicht, statt dessen befanden wir uns plötzlich im Kampf gegen Spekulanten, Investoren und gegen Reiche, gegen Heuschrecken und aus irgendwelchen Gründen auch noch gegen Schwaben.

Und wenn ich mir unseren kleinen Trupp so anschaute, hatte ich keine Ahnung, wie jemand auf die blödsinnige Idee hatte kommen können, dass wir es mit all diesen Spezies aufnehmen konnten.

Jeden Samstag

Man sollte meinen, dass Linus nach drei Jahren langsam aufhören würde, unsere Samstagmorgenrituale persönlich zu nehmen, aber er wollte sich einfach nicht daran gewöhnen.

»Du kannst mit dem Aufräumen ruhig warten, bis ich weg bin, Pia!«, sagte er verschnupft.

»Es ist gleich neun«, erwiderte ich und griff ungerührt nach dem Zahnputzbecher mit der Aufschrift *Papa*, um ihn durch den Mama-Becher zu ersetzen. Vom Papa-Haken verschwand das Handtuch in Richtung Wäschekorb, das Rasierzeug wanderte in die Papa-Kiste.

Einige wenige Handgriffe, aber Linus macht jedes Mal Theater darum. Dr. Engels hat mir erklärt, dass es das Gewissen meines Vaters beruhigt, vor jedem neuen Auszug aus unserer Wohnung wenigstens gejammert zu haben, und inzwischen sind seine Klagen selbst zu einer Art Ritual geworden, das uns nicht mehr stört. Beinahe wenigstens.

»*Sie* hat schon acht Minuten den Motor laufen«, bemerkte Jonas missmutig.

»*Sie* heißt Vicky«, antwortete Linus und öffnete das Fenster, um in Richtung des älteren weißen Kombis zu winken, der in zweiter Reihe parkte.

Ich hasse es, wenn Vicky den Motor laufen lässt. Ist ihr nicht klar, dass sie auch damit unsere Zukunft zerstört? Jonas und ich dürfen ihr meinetwegen egal sein, aber sobald du einen *Baby-an-Bord*-Aufkleber an deine Heckscheibe pappst, kann doch eigentlich von dir erwartet werden, dass du über künftige Generationen nachdenkst.

Als Linus seine Abschiedsküsse verteilte, wirkte er enttäuscht, wie immer. Dabei sind die Wochen mit ihm toll, und das sagen wir ihm auch.

»Wir sehen uns nächsten Samstag«, versprach er, als ob wir etwas anderes erwartet hatten, und wie immer hatten Jonas und ich das Gefühl, ihn für die Woche ohne uns aufbauen zu müssen.

»Ihr macht das alles nur für uns«, erinnerte ihn Jonas, und ich fügte hinzu: »Keiner kann was dafür, aber alle können was dafür tun!«

Die abgenutzten Sprüche trieben unseren Vater zuverlässig aus der Wohnung und wir stellten uns ans geöffnete Fenster, um aufs Winken zu warten. Eine Minute später zog Linus an der Beifahrerseite seinen Fuß in den Kombi und Vicky gab ungeduldig Gas. Das Letzte, was wir durch die Heckscheibe von der anderen Familie Metternich erblickten, waren eine Hand und ein Teil des Gesichts von Max.

Der Abgang von *Baby an Bord* war wiederum das Stichwort für den schwarzen Volvo auf der anderen Straßenseite. Seine Beifahrertür ging auf und Julianes rechtes Bein war zu sehen – für zwei Sekunden, bis sie es wild rudernd wieder einzog und die übliche Ewigkeit brauchte, um sich zu verabschieden. Endlich kam sie zum Vorschein, ihr Haar ordnend, und Fred stieg mit ihr aus, um ihren Trolley aus dem Kofferraum zu heben und zu uns hinaufzuwinken.

Glaub nicht, dass es hellseherischer Fähigkeiten bedarf, um zu wissen, dass wir am Fenster stehen. Unsere Samstagsrituale sind jede Woche dieselben, nur das Wetter ändert sich.

Und die Anzahl der Beteiligten.

Bevor Linus mit Vicky zusammenzog, hatten meine Eltern den vielen Paragraphen, auf die ihre Abmachung bis dahin angewachsen war, eine weitere Passage hinzugefügt: *Neue Partner haben in der Kinderwohnung nichts zu suchen.* Dieser Paragraph bedeutete, dass Linus auf die Straße hinunter musste, wenn Vicky während der Papa-Woche etwas von ihm wollte, und dass sie anfangs dennoch zwei Mal geklingelt und leibhaftig in unserem Flur gestanden hatte, hatte augenblickliche Protestschreiben unserer Mutter zur Folge. (Wer es ihr verraten hat? Ich habe Frau Gries in Verdacht.)

Tja. Damals wusste Juliane noch nichts von Fred! Wenn du ihn am Samstagmorgen traurig dort unten stehen siehst, an sein leeres großes Auto gelehnt, musst du nicht gerade Kommissar X sein, um zu wissen, dass unserer Mutter der Partnerparagraph, den sie selbst durchgesetzt hat, inzwischen verdammt leid tut.

Besonderes Mitgefühl habe ich deswegen allerdings nicht, und wenn Fred noch so lange zu mir hochguckt und lächelt und winkt. Er ist viel älter als Juliane und Lehrer für Mathe und Sport. Leider hatte Juliane ihm verraten, dass Mathe mein Lieblingsfach ist, sodass es sich nicht ganz verhindern ließ, ein gemeinsames Gesprächsthema zu haben, als sie ihn uns vorstellte. Jonas redete danach tagelang nicht mit mir.

Mein Problem mit Fred ist, dass ich ihn damals beinahe mochte. Keine Ahnung, was ich davon halten soll, Dr. Engels und ich haben ja noch nicht einmal angefangen, Fred zu besprechen. Ich machte das Fenster zu und ließ ihn stehen.

Jonas war unterdessen bereits auf dem Weg zur Tür. Wenn Juliane samstags ankommt, klingelt sie nämlich, obwohl sie einen Schlüssel hat. Sie findet, das gehört sich so, weil es unsere Wohnung ist.

Und wie Linus am Ende der Papa-Woche Schwierigkeiten hat zu gehen, braucht Juliane erst einmal Zeit, um bei uns anzukommen. Sie schließt ihren Laptop an, putzt das Bad und hängt ihren Kulturbeutel auf; sie saugt das Schlafzimmer, bevor sie aus ihrem Teil des Schranks ihr Bettzeug nimmt. Dann raucht sie auf dem Balkon eine Zigarette. Und dann, erst dann, ist sie da und man kann sich wie früher mit ihr unterhalten.

»Euer Vater möchte, dass ihr mehr Kontakt zu eurem Halbbruder habt.«

Halbbruder! Wenn Juliane über *Baby an Bord* spricht, komme ich mir vor wie in einem Indianerfilm. Linus sagt *Brüderchen*, was genauso doof ist. Brüderchen Halbbruder heißt Lennart, warum nennen sie ihn nie beim Namen?

»Er schlägt vor, einen Nachmittag pro Woche festzulegen, an dem ihr ihn besucht.«

Das war mal wieder typisch Linus: Die ganze Woche hatte er mit uns verbracht, aber dass er wieder einen Vorschlag eingereicht hatte, erwähnte dieser Feigling mit keinem Wort.

»Wenn ich mir eure Stundenpläne ansehe, käme am ehesten der Mittwoch in Frage«, fuhr Juliane fort. »Spricht etwas dagegen?«

»Ja«, antwortete Jonas. »Ich hab keinen Bock, Babysitter zu spielen.«

»Das habe ich mir gedacht, aber Totalverweigerung bringt uns nicht weiter, Schatz. Euer Vater besteht nun einmal darauf. Wäre einmal im Monat für euch in Ordnung?«

»Von mir aus«, erwiderte mein Bruder mürrisch.

»Aber ohne Vicky«, setzte ich hinzu.

Juliane lehnte sich zurück und blickte uns milde an, aber mir schwante ohnehin bereits, dass noch etwas kommen würde. Sätze wie *Euer Vater besteht darauf* hört man von unserer Mutter sonst nie, es sei denn als Auftakt zu einem Gegenmanöver.

Ich musste nicht lange warten. »Zum Ausgleich steht mir dann natürlich auch ein Mittwochnachmittag zu«, sagte Juliane lächelnd.

Mir! Hielt sie uns für doof? Wen sie in Wirklichkeit meinte, war Fred. Fred im Tausch gegen Brüderchen.

»Du meinst, bei dir zuhause«, übersetzte Jonas. »Das kannst du knicken.«

»Es muss nicht bei mir zuhause sein«, erwiderte Juliane gelassen. »Wir können auch gemeinsam etwas unternehmen. Wie wäre es für den Anfang mit Kanufahren? Mit Picknick am Lagerfeuer?«

»Ein Viererkanu, nehme ich an«, brummte ich.

»Klar, das ist doch der Sinn«, antwortete Juliane immer noch lächelnd und ich merkte, wie eine plötzliche Müdigkeit von mir Besitz ergriff, obwohl es erst kurz vor zehn war und wir später noch etwas vorhatten, das all meine Kräfte erforderte.

Als Juliane zur Abstimmung bat, hob sich meine Hand, ich konnte nichts dagegen tun. Zwei zu eins! Jonas sah mich wütend an. Verräterin, stand ihm ins Gesicht geschrieben, dabei hatten unsere Eltern doch sowieso schon alles abgemacht. Wenn geschiedene Eltern sich einig sind, hast du als Kind praktisch keine Chance, etwas anderes durchzusetzen.

Du kannst allenfalls Details bestimmen. »Folienkartoffeln, Steaks und gegrillte Zucchini«, verhandelte ich. »Kein Stockbrot. Und wehe, jemand spielt Gitarre.«

»Versprochen. Nächsten Mittwoch soll das Wetter übrigens schön werden …«

Nächsten Mittwoch? In vier Tagen schon? Ich sah Jonas die Lippen zusammenkneifen, als wüsste er nicht, ob er heulen oder explodieren sollte, und hörte mich sagen: »Aber Mama, so schnell geht das doch nicht. Ich muss doch zuerst mit meinem Therapeuten sprechen.«

»Ja, wenn das so ist …«, gab Juliane enttäuscht nach, während sich Jonas' Gesicht ein wenig entspannte. »Dann eben übernächste Woche, in Ordnung?«

Ich danke dem Himmel für die Existenz von Dr. Engels und all seiner Kollegen. Wenn's drauf ankommt, sind sie das Einzige, was du gegen die Pläne deiner Eltern in der Hand hast.

Braun

Es war nicht schwer zu erraten, wer aus der kleinen Schar, die sich auf der Mittelinsel des U-Bahnhofs Kottbusser Tor herumdrückte, zu welchem der acht Namen auf unserer Liste gehörte. Es gab drei Personen mit Namen Sprengel, dabei musste es sich um das bebrillte Paar in Regenkleidung mit dem dicklichen, kaugummikauenden Sohn handeln. Der Mann trug einen Reiseführer in der Hand und um den Hals eine Kamera, die er mit Kabelbindern an seinen Rucksackträgern festgezurrt hatte. Bequem sah das nicht aus, höchstens sehr, sehr sicher. Seine Frau drängte sich an ihn und schaute sich unbehaglich um und wir hörten sie nach dem Jungen rufen: »Uwe, geh nicht zu weit weg!«

Die Asiaten zu identifizieren, Herrn und Frau Li, war ebenfalls keine große Herausforderung, und die beiden alten Herrschaften in Anglerweste und Wanderschuhen waren dann wohl die Gutmanns. Sie sahen ziemlich unternehmungslustig aus, während die einzelne kettenrauchende Frau, die zu dem Namen C. G. Weber gehören musste, ein Stück abseits der Gruppe stand und einen mürrischen Eindruck machte.

Es war kurz nach 15 Uhr und du konntest den Leuten dabei zusehen, wie sie unruhig zu werden begannen, weil die vereinbarte Abholzeit bereits mehrere Minuten überschritten war. Plötzlich ging ein überraschter Ruck durch die Gruppe. Es war der Moment, in dem sie Mustafa entdeckten, der sich mit einer großen Zange den hier immer kreuz und quer abgestellten Fahrrädern näherte.

Nesrin und ich hockten hinter dem Kasten, in dem die Berliner Stadtreinigung ihr Winterstreusalz aufbewahrt, lugten über den Rand und verstanden jedes Wort.

»Horst, gucke mal, die knacken das Schloss!«, staunte Frau Sprengel.

»Ja, ist denn das zu fassen? Vor aller Augen! Und keiner sagt was!«

Das war Frau Gutmann, während Sohn Sprengel seinen Kaugummi in die andere Backentasche schob und mümmelte: »Echte Araber! Voll krass.«

»Und jetzt schieben die das Rad einfach weg!«, rief Frau Sprengel fassungslos.

Nesrin und ich gaben uns die Faust. Zugegeben, der

erste Auftritt war der leichteste von allen – dass wir das Kettenschloss schon vorher geknackt hatten und es lose an Mustafas Rad hing, hatten unsere Kunden gar nicht erkennen können. Aber welcher Künstler fängt gleich mit dem größten Highlight an?

Herr Sprengel tippte auf seinen Reiseführer. »Das hier ist genau die Gegend, die man meiden sollte, Gudrun!«

»Quatsch. Der Reiseführer ist zwei Jahre alt. Diese Gegend ist jetzt total angesagt, Horst.«

Die Chinesen sagten gar nichts, sondern fotografierten mit ernster Miene eine Gruppe Junkies, die mit ihren Hunden auf der Treppe zur Hochbahn saß und Passanten anbettelte.

»Wir sind aus Oberhausen und hier gerade auf Wohnungssuche«, sagte Frau Gutmann zu Frau Sprengel. »Nächsten Monat geht mein Mann nämlich in Rente.«

Frau Weber zertrat ihre Zigarette und blickte ungeduldig auf ihre Uhr. Auch ich hielt die Spannung allmählich kaum noch aus »Mann, wo bleibt der denn?«, flüsterte ich und fühlte Panik in meinen Bauch kriechen.

»Der kommt schon«, flüsterte Nesrin zurück. »Wenn nicht, machen wir eben weiter mit …«

Sie stockte. Einen Plan B hatten wir an dieser Stelle nämlich gar nicht. Es fühlte sich ein bisschen an wie das Krippenspiel am letzten Heiligabend, wo ich als Verkündigungsengel auf die Bühne getrottelt war und ganz andere Leute vorgefunden hatte als erwartet, weil ich die Szenen durcheinander gebracht hatte.

»Da ist er ja!«, entfuhr es meiner Freundin.

Braun ist ein ziemlich kleiner, dicker Kampfhund, aber seinen enormen Kräften hatte Rifat nichts entgegenzusetzen. In halsbrecherischem Tempo wurde er die Hochbahntreppe hinunter gezerrt – mitten durch die Junkies, denen Bettelhut und leere Flaschen um die Ohren flogen. »Braun! Fuß! Braun! Haaalt!«, hörten wir Rifat zetern.

Leider hatte Braun Nesrin und mich entdeckt und strebte geradewegs auf uns zu, obwohl wir noch hinter den Streusalzkasten zu tauchen versuchten. Auch ohne etwas sehen zu können, identifizierten wir dabei mühelos die Stimme von Frau Weber: »Und wo ist der Maulkorb?«

»Haut ab, Mensch!«, zischte Nesrin. »Uns soll doch noch keiner sehen!«

»Auf dem Bahnsteig war's schon viel besser, ich schwör«, beteuerte Rifat.

Mit einiger Mühe gelang es mir, einen Arm unter Braun hervorzuziehen, mich aufzurichten und einen Blick auf unsere Touristen zu riskieren. Diese hatten sich mittlerweile endgültig als Gruppe zusammengerottet. Selbst Frau Weber stand jetzt bei den anderen.

»Also, der Treffpunkt müsste stimmen«, sagte Herr Sprengel soeben und reckte sein Smartphone, um den GPS-Empfang zu optimieren.

»Und wenn das alles schon zum Programm gehört?« Erwartungsvoll blickte Herr Gutmann sich um. »Ich glaube, das ist alles so eine Art Test. Ein Test, ob wir starke Nerven haben!«

»Ich gebe dem Mann noch genau dreißig Sekunden«, verkündete Frau Weber grimmig. »Neunundzwanzig, achtundzwanzig, siebenundzwanzig …«

Unseren nächsten Mitarbeiter Tomek konnten wir zwar schon an der Ampel stehen sehen, aber was blieb uns übrig? Unsere Touristen bekamen einen etwas sauertöpfischen Blick, als wir mit der Anmeldeliste auf sie zurannten.

»Nee! Auf keinen Fall! Wir sind Mitglied bei den Maltesern, bei Amnesty und im Tierschutzverein. Wir unterschreiben nichts!«, zeterte Frau Gutmann.

»Entschuldigung!« Nesrin knipste ihr strahlendes Lächeln an. »Ich glaube, Sie warten auf meinen Vater.«

»Neukölln für starke Nerven?«, vergewisserte sich Frau Sprengel erleichtert.

»Genau. Ich bin Nesrin, das ist Pia. Wir übernehmen heute den ersten Teil Ihrer Tour. Mein Vater stößt am Maybachufer zu uns.«

»Moment mal«, rief Frau Weber. »Kinder? Soll das ein Witz sein? Dafür zahle ich doch keine acht Euro!«

»Keine Sorge, es ist dieselbe Tour«, versicherte ich. »Oder haben Sie etwa Angst mit uns?«

Herr Gutmann stieß mich verschwörerisch in die Seite. »Wusste ich's doch: Es ist ein Test! Natürlich haben wir keine Angst, Mädel. Wir sind dabei, nicht wahr, Helga?«

Seine Frau nickte. »Wir auch«, kam es von den Sprengels. »Wir haben schließlich so geplant.«

Na also. Das lief ja wieder wie am Schnürchen! Auch Tomek kapierte ohne Worte, dass sein Auftritt für heute geplatzt und Improvisation angesagt war. Während er lässig an uns vorbeischlenderte, zog er das präparierte Messer mitsamt der Plastiktüte aus der Hosentasche und reinigte sich mit der blutverschmierten Klinge die Fingernägel.

Frau Weber guckte nicht einmal hin. »Wo ist der Hund?«, herrschte sie uns an.

»Was für ein Hund?« Nesrin schaffte es, einen Ausdruck größter Verwunderung auf ihr Gesicht zu legen.

»Na, der Listenhund ohne Maulkorb. Glaubt ihr, ich bin blind? Gerade eben noch habt ihr mit ihm hinter dem Kasten gehockt.«

»Was für ein Kasten?« Ich hoffte, dass meine Schauspielkunst annähernd an die meiner Freundin heranreichte, obwohl mir soeben das Herz in die Hose rutschte.

Rifat hockte nämlich immer noch mit Braun hinter dem Streusalzkasten. Wahrscheinlich wiegten sie sich in der trügerischen Sicherheit, dass sie, selbst wenn ein wedelnder Hundeschwanz hinten herausragte, persönlich noch lange nicht zu sehen waren.

»Verzeihung. Excuse me. Pardon …«

Auch die Obdachlosen waren inzwischen auf internationale Touristen eingestellt. Der strohdürre Mann, der zwischen uns in Stellung ging, um seinen Anspruch auf das Häuflein halb gerauchter Kippen zu Frau Webers Füßen anzumelden, gehörte nicht direkt zu uns, wäre als Statist aber höchst willkommen gewesen – hätte Frau Weber nicht zu der Sorte Leute gehört, für die das Wort »verbissen« erfunden worden sein muss. Unter keinen Umständen lassen sie von ihrem einmal erwählten Opfer ab.

»Der Hund gehört gemeldet«, entschied sie, schob den Obdachlosen beiseite und ging mit festen Schritten auf Rifats Versteck zu.

Ja, es wäre noch Zeit gewesen, zu verschwinden. Unseren dämlichen Plan über den Haufen zu werfen, Fersengeld zu geben und den Sommer zu genießen. Die Touristen hatten schließlich noch nicht bezahlt. Wir hätten eine Menge Leute enttäuscht und uns ordentlich blamiert. Doch niemand wäre zu Schaden gekommen, unnötig in Aufregung versetzt oder um die Früchte der eigenen Arbeit betrogen worden.

Genau genommen, sähe ein ganzer Neuköllner Kiez

heute anders aus, wenn wir damals die Bremse gezogen hätten. Aber erstens konnten wir das nicht wissen. Zweitens waren wir zu viele Beteiligte, um rechtzeitig zu einem gemeinsamen Entschluss zu kommen. Und drittens sah es erst einmal so aus, als ließe sich das Problem lösen: Wie aus dem Nichts tauchte Finn-Ole auf, riss Rifat die Leine aus der Hand und rannte mit Braun Richtung U-Bahn, während Mustafa Rifat unter den Arm klemmte und mit ihm über die Ampel abhaute.

Gerett…

Wir hatten nicht einmal Zeit, das Wort zu Ende zu denken. »Der Fahrraddieb!«, schrie Frau Weber und richtete einen anklagenden Zeigefinger auf Mustafa.

Über Kreuzberg und Neukölln musst du eins wissen: Du kannst auf offener Straße Drogen nehmen, Zigarettenautomaten knacken, betrunken herumpöbeln, du kannst mit einem geklauten Auto bei Rot über die Ampel fahren, dass die Fußgänger nur so auseinanderspritzen. Aber wehe, du klaust ein Fahrrad. Zwei Männer setzten sich sofort auf Mustafas Fersen. Zum Glück bemerkte er den Schlamassel, setzte Rifat ab und beide ergriffen getrennt voneinander die Flucht.

»Ist das spannend hier!«, jubelte Herr Gutmann.

»Ich würde vorschlagen, wir gehen dann mal los«, sagte ich matt.

»Nicht, dass wir meinen Vater noch verpassen!«, fiel Nesrin ein.

Frau Weber schnippte ihre Zigarette auf den Boden und stöckelte so energisch zu uns zurück, dass ihre Absätze wie eine Gewehrsalve übers Pflaster knatterten.

»Na dann mal los!«, knurrte sie. »Ich komme mit. Da stimmt doch was nicht!«

Kopftücher, wohin das Auge blickt

Wir brauchten ein Drehbuch, hatte Kasim gesagt. Ein Drehbuch, in dem wir genau festhielten, was wann wo stattfinden sollte und das jeder Beteiligte auswendig kennen musste, um seinen Einsatz richtig zu timen. Ein Drehbuch, in dem alle Szenen ineinander griffen, von erhöhter Spannung bei der Abholung am U-Bahnhof über die eigentlichen Tourstationen bis hin zum überraschenden Schlusseffekt, gleich nachdem unsere Kunden ihre acht Euro bezahlt hatten.

Wenn wir uns nicht genau ans Drehbuch hielten, würde die Tour nicht funktionieren. Es gab niemanden unter uns, der Kasims Rat nicht beherzigt hätte.

Und wir hatten den Kotti kaum verlassen, als ich mir auch schon wünschte, wir hätten unseren Touristen ebenfalls Regieanweisungen in die Hand gedrückt. Etwa: `Bleiben Sie in der Nähe Ihres Reiseleiters und verschwinden Sie auf dem Weg nicht dauernd in ir-`

gendwelchen Läden. Oder: Stellen Sie bitte keine Fragen. Ihr Reiseleiter hat genug damit zu tun, den Überblick wiederherzustellen.

Den Überblick wiederherzustellen und möglichst nicht daran zu denken, dass Rifat und Mustafa in diesem Moment vielleicht zum Polizeirevier in der Rollbergstraße gekarrt wurden!

»Wir haben Kreuzberg jetzt verlassen und befinden uns auf Neuköllner Boden«, hörte ich mich tapfer sagen, während Nesrin Sprengel Junior aus einem der vielen Handyläden bugsierte und Frau Sprengel Frau Gutmann zuraunte: »Sehen Sie mal, das Mädchen trägt unterschiedliche Schuhe. Ob sie die aus einem Container gefischt hat?«

»Szenebezirk hin oder her, aber es soll hier tatsächlich auch arme Menschen geben«, zischelte Frau Gutmann zurück.

»Diesen nördlichsten Neuköllner Kiez nennt man seit einigen Jahren Kreuzkölln«, fuhr ich fort, als hätte ich die beiden nicht gehört, und schickte ein kurzes Dankgebet für unser Drehbuch gen Himmel. Ohne unser Drehbuch hätte ich sowieso kein Wort herausgebracht. Die Augen geradeaus, wie Kasim angeordnet hatte, hangelte ich mich von Zeile zu Zeile und redete mir ein, dass es nicht unangenehmer war als Vorsingen oder Gedichtaufsagen in der Schule – nur eben an der frischen Luft und mit ein paar völlig Fremden als Publikum, die wir nach diesem Nachmittag bestimmt nie, nie wiedersehen würden.

Ich erinnere mich genau, dass es besonders dieser Gedanke war, der mich beruhigte. Und dass ich mir noch vornahm, solche kleinen Sender für verdeckte Einsätze vorzuschlagen, die du immer in Krimis siehst. Wir konnten Kasim, unseren Regisseur, mit seinem Drehbuch in der Hand auf der anderen Straßenseite mitlaufen und den Eindruck machen sehen, er hätte uns eine Menge zu sagen. Aber wie? Er konnte ja schlecht über die Straße brüllen.

»Was heißt denn nun eigentlich Kiez?«, fragte Frau Sprengel.

»Na, die Nachbarschaft eben«, antwortete ich verdutzt.

Herr Gutmann konsultierte seinen Stadtführer: »Ein Kiez ist ein überschaubarer Wohnbereich, meist aus Altbauten bestehend, mit eigenem Angebot an Läden und Restaurants und einem besonderen Zugehörigkeitsgefühl der Bewohner.«

»Zugehörigkeitsgefühl! Das kann man so sagen«, bestätigte Nesrin.

»Fragt sich nur, für wen«, brummte Frau Weber und sah sich kopfschüttelnd um. »Das ist ja wie in Anatolien. Kopftücher, wohin das Auge blickt. Selbst Kinder, sehen Sie nur!«

Dilek und Idel hätte ich beinahe nicht erkannt. Sie sind

zwei Jahre älter als Nesrin und ich und tragen normalerweise Make-up, ständig wechselnde Frisuren und Klamotten; sie haben sogar einen eigenen Modeblog. Die dunklen Röcke und altmodischen Treter, in denen sie uns entgegenkamen, mussten sie im Kleiderschrank ihrer Großmütter entdeckt haben und ihre Kopftücher waren so eng um die Stirn gewunden, dass die Augenbrauen nach oben flohen.

Zwar wusste ich bereits, dass unsere beiden Freundinnen ihren Einsatz sehr ernst nahmen, und eigentlich hätte es für sie gar kein besseres Stichwort geben können als: *Kopftücher, wohin das Auge blickt.* Aber nach Frau Webers abschätzigem Kommentar wünschte ich mir plötzlich, sie hätten etwas weniger dick aufgetragen.

Dilek stürzte sich auf Nesrin, als stünde eine hundertjährige Familienfehde und nicht bloß ein kräftiger Schienbeintritt vom Vortag zwischen ihnen. Sie ging ihrer Cousine geradezu an die Gurgel. »Schande!«, kreischte sie. »Wo ist dein Kopftuch, du Schlampe?«

Von Nesrin hörte man nur noch ein Röcheln. Wahrscheinlich hatte es ein Schmerzensschrei werden sollen, weil ihr gleichzeitig Idel den Arm umdrehte, und in dem sehr lang erscheinenden Augenblick, bevor Herr und Frau Gutmann gemeinsam zur Rettung schritten, erinnerte ich mich wieder daran, was an dieser Stelle eigentlich in unserem Drehbuch gestanden hatte:

`Dilek spricht Nesrin auf der Straße ernst an: Schwester, warum trägst du kein Kopftuch? Bist du keine Muslima?`

Ich verspürte Hochachtung vor meiner Freundin, dass sie sich nach dieser Attacke überhaupt noch an ihren vereinbarten Part erinnerte. »Das Kopftuchtragen ist im Islam eine freie Entscheidung«, krächzte sie, nachdem Gutmanns sie befreit und Dilek und Idel die Flucht ergriffen hatten. »Weniger als die Hälfte aller muslimischen Frauen in Neukölln tragen Kopftuch. Der korrekte Name des Modells, das wir eben gesehen haben, ist Hijab. Und dass man es in meiner Familie nicht trägt, heißt nicht, dass wir keine guten Muslime sind.«

»Schon gut, Kleine, *wir* glauben dir das ja«, sagte Frau Gutmann, während sie einem türkischen Friseur in seiner Ladentür einen kühlen Blick zuwarf.

Auf der anderen Straßenseite machte Kasim rotierende Bewegungen mit beiden Armen. Weitermachen, hieß das – als ob wir nur eines tätlichen Angriffs wegen aufgegeben hätten! Zumal Frau Gutmann ein Fläschchen japanisches Heilöl dabei hatte, das sie Nesrin großzügig auf den Hals tupfte.

Wir traten alle einen Schritt zurück, denn das Öl stank wie die Pest. Aber Frau Gutmann behauptete: »Morgen ist von den Würgemalen nichts mehr zu sehen, Schätzchen.«

»Trotzdem!« Frau Weber zückte ihr Handy. »So etwas gehört angezeigt.«

Nesrin und ich tauschten einen entsetzten Blick. Unser Drehbuch drohte uns komplett zu entgleiten! Vor meinem inneren Auge sah ich, wie sich die Arrestzelle in der Rollbergstraße mit weiteren Freunden füllte. Wir waren noch keine Viertelstunde unterwegs und vier Mitarbeiter und ein Hund befanden sich bereits auf der Flucht.

»Bitte keine Polizei«, rief ich aufgelöst, während Nesrin jammerte: »Tun Sie das bloß nicht! Ich kenne die beiden, sie gehören zu einer arabischen Großfamilie …«

Junge, das saß. Frau Weber ließ ihr Handy sinken. Frau Sprengel wurde leichenblass. Herr Sprengel trat einen Schritt zurück und erklärte: »Das ist eine gefährliche Entscheidung. Damit will ich nichts zu tun haben.«

»Wo treffen wir nochmal deinen Vater, Nesrin …?«, fragte Frau Gutmann kleinlaut.

»Gleich um die Ecke am Maybachufer. Es ist wirklich nicht mehr weit!«

»Na schön«, fügte sich Frau Weber widerwillig. »Aber wenn deine Eltern die Sache verfolgen wollen – wir stehen alle als Zeugen zur Verfügung.«

»Mal langsam!«

Herr Sprengel trat einen weiteren Schritt zurück. Wahrscheinlich hatte er nicht daran gedacht, dass bei uns immer irgendwelche Radfahrer auf dem Bürgersteig herumrasen. Bei ihrer Vollbremsung wickelte eine Frau sich beinahe um eine Laterne.

Herr Sprengel merkte es nicht einmal. Er wurde laut. »Unsere Adresse bekommt niemand! Meinen Sie, ich will in Böblingen auf Schritt und Tritt Angst haben?«

»Keine Sorge, in *Böblingen* besteht dazu wirklich kein Grund!«, sagte Nesrin hastig. »Bitte lassen Sie uns einfach weitergehen. Da drüben steht schon mein Onkel und wartet auf uns.«

»Ein Erwachsener – das wurde auch langsam Zeit!«, brummte Frau Weber und sprach damit aus, was auch ich dachte.

Nesrins Onkel Hassan besitzt ein Feinkostgeschäft. Vor dem Laden stehen große Schütten mit den verschiedensten Nüssen und Onkel Hassan hatte extra einen Stuhl danebengestellt, damit er seinen Auftritt nicht verpasste. Als wir näher kamen, stand er auf und rief: »Bitte probieren Sie, meine Herrschaften!«

»Verstehe. Wenn wir probieren, müssen wir auch kaufen«, murmelte Frau Sprengel. »Hab ich mir gleich gedacht, dass es auf eine Kaffeefahrt hinausläuft.«

»Keineswegs, meine Dame. Probieren Sie alles, was Sie wollen. Wenn es Sie nicht überzeugt, sind Sie einfach herzlich eingeladen.«

Zögernd griff unsere Gruppe zu – oder setzte zumindest dazu an, denn in diesem Augenblick ertönte der markerschütternde Schrei aus dem Inneren des Ladens. Ich hatte ihn bei den Proben schon mehrfach gehört, dennoch fuhr ich auch diesmal vor Schreck zusammen.

Sprengels, Gutmanns, die Chinesen, sie alle prallten zurück, dass es sie beinahe auf die Straße katapultierte. Nur Frau Weber stand wie ein Fels. »Was ist da los?«, bellte sie.

»Nichts Besonderes«, sagte Onkel Hassan liebenswürdig. »Nur eine kleine Beschneidung.«

»Eine kleine *was* …?«

»Wir bieten sie im Hinterzimmer an«, erklärte Onkel Hassan.

Da die Chinesen bisher überhaupt noch nichts gesagt hatten, hatte ich schon angenommen, sie verstünden kein Wort von unserer Tour und wollten einfach nur fotografieren. Aber jetzt schnappten sie genauso nach Luft wie alle anderen und begannen aufgeregt miteinander zu tuscheln.

»Bitte Platz machen«, rief Hassan Junior von drinnen, bevor er Rudi auf die Straße schleppte.

Im echten Leben ist Rudi Erzieher im evangelischen Kindergarten und wir waren verdammt stolz, dass wir ihn für unsere Tour geworben hatten. Einen Kübel Wasser ins Gesicht und ein paar Spritzer Himbeersaft auf ein helles

Nachthemd, mehr braucht es nicht. Erzieher sind geborene Schauspieler.

»Herzlichen Glückwunsch, Bruder«, rief Onkel Hassan und schüttelte die schlaffe Hand, die über der Schulter seines Sohnes hing. Nur bei sehr genauem Hinsehen konntest du erkennen, wie mühsam er sich das Lachen verbiss.

Rudi machte sich vorsichtig los. Ein Strahlen überzog sein gemartertes Gesicht. »Ich danke euch!«, rief er. »Ich danke euch allen!«

Er schüttelte uns reihum die Hand. Mit starren Blicken versuchten unsere Touristen die roten Spritzer auf seinem Nachthemd zu ignorieren.

»Pistazien?«, fragte Onkel Hassan lächelnd, während sein Sohn Rudi wieder unterhakte und den Kottbusser Damm hinaufschleppte.

Aber er sprach es nur noch in den Rücken unserer Gruppe, die wortlos in die Gegenrichtung davonhetzte, als wüsste sie, wo es lang ging. Wir brauchten bis zur U-Bahn Schönleinstraße, um sie wieder einzufangen.

Am Eingang blieben alle acht stehen, um lange Schlucke aus ihren Wasserflaschen zu trinken, und Sprengels traten beiseite, um leise miteinander zu raunen. Wahrscheinlich diskutierten sie, ob sie die U-Bahn nehmen und so schnell wie möglich abhauen sollten.

»Das läuft richtig gut!«, flüsterte Nesrin.

»Ich weiß nicht. Irgendwie reagieren die Leute anders, als wir dachten ...«

»Mensch, Pia, es ist ja auch unser erster Kontakt mit Touristen. Wir müssen eben Erfahrungen sammeln! Das wird schon, du wirst sehen.«

Ich zuckte mit den Schultern. Ich war keineswegs überzeugt, aber Zeit, auf meine warnenden inneren Stimmen zu hören, hatte ich auch nicht, denn niemand haute ab, wir mussten also weitermachen.

»Mittelalter«, sagte Frau Weber dumpf und zündete ihre nächste Zigarette an.

»Aber ich dachte ...« Nun erholte sich auch Frau Gutmann. »Ich dachte, muslimische Beschneidungen fänden im Kindesalter statt.«

»Im Normalfall schon«, erwiderte Nesrin. »Aber es gibt auch Erwachsene, die zum Islam übertreten, und die wollen natürlich das volle Programm. Freiwillig!«, betonte sie.

»Und das mitten in Deutschland«, sagte Frau Weber fassungslos. »Jawohl«, rief sie plötzlich mit kampflustigem Rundumblick, »wir leben in Deutschland!«, worauf ein Afrikaner im Vorübergehen lächelte und antwortete: »Glückwunsch, ich auch.«

»Psst«, flüsterte Frau Sprengel. »Jetzt machen Sie nicht auch noch auf uns aufmerksam!«

Auf der anderen Straßenseite sah ich Kasim wild herumfuchteln, weil wir so weit von unserer Route abgekommen waren. Dabei war drehbuchtechnisch gerade alles perfekt: Wir waren auf Seite 3 angekommen, unsere Gruppe befand sich in genau der richtigen Stimmung für die nächste Station und der Umweg, den wir dorthin zu laufen hatten, führte sogar dazu, dass wir trotz des frühen Ausfalls von Rifat und Tomek wieder im Zeitplan lagen.

»Da sollen wir hinein?«, flüsterte Frau Sprengel ungläubig, als wir an unserem nächsten Ziel ankamen.

Merhaba-Moschee stand in arabischer und deutscher Schrift über dem Eingang und ich sagte meinen nächsten Absatz auf: »In Neukölln gibt es neben der bekannten Sehitlik-Moschee am Columbiadamm eine wachsende Zahl kleinerer Hinterhofmoscheen. Wie viele es sind, oder was sich hinter ihren Türen abspielt, weiß man nicht genau.«

Es dauerte, bis alle Mitglieder unserer Gruppe sich entschließen konnten, einzutreten. Den Anfang machten schließlich die Chinesen, gefolgt von Gutmanns und Frau Weber, und danach wollten Sprengels nach kurzer Diskussion auch nicht allein zurückbleiben.

»Ich schreibe Bernhard eine SMS«, hörte ich Herrn Sprengel flüstern. »Damit man uns zurückverfolgen kann, falls …«

»Siehste! Läuft!«, raunte Nesrin mir zu, während sie die Tür hinter uns schloss.

Ibrahim hatte seinen Part perfekt vorbereitet. Unsere Gäste zogen sich wie wir vor Betreten der Moschee die Schuhe aus, stellten sie ins Regal und nahmen auf niedrigen Hockern rund um einen Tisch Platz, auf dem Tee und Bakhlava warteten. Höfliche, wachsame Blicke wanderten in den mit Teppichen ausgelegten Gebetsraum hinter uns.

Ich meinerseits war heilfroh, für die nächste Viertelstunde den Stab an jemand anderes weitergeben zu können. Für das Auf und Ab gelungener und völlig missratener Programmpunkte war ich einfach nicht gemacht. Mit leichtem Schwirren im Kopf sah ich zu, wie Herr Sprengel versuchte, das Loch in seiner linken Socke zu verbergen.

»Bitte greifen Sie zu«, lud Ibrahim ein, was sich unsere Gruppe nicht zwei Mal sagen ließ. Touristen lieben es, wenn sie etwas umsonst bekommen. Nur Frau Weber schob den Teller mit dem köstlichen Gebäck weiter, ohne zuzugreifen.

»Keine Sorge, ich werde Ihnen jetzt keinen religiösen Vortrag halten«, sagte Ibrahim und lächelte freundlich in die Runde. »Die Details unserer Religion sind für Außenstehende uninteressant, das wissen wir. Ich möchte Ihnen nur mit auf den Weg geben, dass es keinen Sinn macht, Angst vor dem Islam zu haben. Wir Muslime sind nämlich bereits da, und wie.«

Flapp, machte es, als sich hinter ihm das große Plakat entrollte, das er vorbereitet und an der Stange eines alten Kartenständers befestigt hatte. Der Aufkleber der berühmtesten Problemschule Deutschlands prangte noch daran: *Eigentum der Rütli-Schule.*

»Das ist eine Karte von Berlin. Meine Glaubensbrüder und ich machen uns alle paar Monate die Mühe, überall da, wo der Islam auf dem Vormarsch ist, schwarze Turbane aufzukleben.«

Da das Plakat erst in letzter Minute fertig geworden war, sahen auch Nesrin und ich es zum ersten Mal. Beeindruckt nickten wir uns zu.

»Herrje«, murmelte Frau Sprengel. »Dass es schon so schlimm ist, wussten wir gar nicht.«

Frau Gutmann setzte sich aufrechter hin. Ein kleines Stück Bakhlava klebte an ihrer Lippe. »Wir ziehen auch bald nach Berlin«, sagte sie mit bebender Stimme. »Aber glauben Sie bloß nicht, wir ließen uns einfangen!«

»Das hat nichts mit Einfangen zu tun. Es ist der Reiz des Umfeldes. Nehmen Sie zum Beispiel Neukölln: Die Wahrscheinlichkeit, in dieser Umgebung zum Islam zu konvertieren, liegt fünfzig Mal so hoch wie in Charlottenburg.

Mindestens. Sehen Sie sich die Karte ruhig genau an. Sie dürfen gern näher treten.«

Unsere Touristen traten näher. Leise schlurfend versammelten sie sich um die Karte.

»Aber wo ist denn nun Neukölln?«, fragte Frau Weber irritiert.

»Genau hier«, sagte Ibrahim. »Unter all den schwarzen Turbanen. Streng genommen, ist der Bezirk Neukölln vor lauter Turbanen schon gar nicht mehr zu sehen.«

Schweigen fiel über unsere Gruppe. Nur Frau Weber protestierte weiter: »Und auf welcher Statistik beruhen Ihre Behauptungen, wenn ich fragen darf?«

»Interne Statistiken«, verriet Ibrahim. »Was glauben Sie, was los wäre, wenn das Bezirksamt die richtigen Zahlen rausrücken würde?«

»Ich jedenfalls glaube, das lässt sich überprüfen, junger Mann«, erwiderte Frau Weber kampflustig, wandte sich ab und hackte wieder auf ihrem Smartphone herum. Nesrin und ich blieben diesmal aber ganz ruhig. Wir wussten zwar nicht, über welche Kontakte sie verfügte, aber in der Moschee hatte sie sowieso keinen Empfang.

Dafür konnten wir beobachten, wie Frau Gutmann zaghaft den Zeigefinger hob und damit über die Karte fuhr, bis sie ganz oben rechts gelandet war. »Meinst du, wir gucken uns besser dort mal um, Hermann?«, flüsterte sie und tippte auf die fast turbanfreie Stadtgrenze bei Marzahn-Hellersdorf.

Ich merkte Nesrin an, dass sie mir beinahe vor aller Augen die Faust gegeben hätte.

»Wenn Sie hier wohnen, sehen wir uns bestimmt wieder«, sagte Ibrahim zu Frau Gutmann, während unsere Touristen etwas später ihre Schuhe wieder einsammelten.

»Ganz bestimmt nicht«, hörte ich sie zwischen den Zähnen murmeln, und auf der Straße raunte ihr Mann: »Vielleicht ist es wirklich keine so gute Idee, hierher zu ziehen, Helga.«

Es war dieser eine, klitzekleine Augenblick, in dem auch ich beinahe daran glaubte, dass unsere Tour ihren Sinn erfüllte. Meine Freude war jedoch nicht von Dauer. Mit dem Rücken zu uns hörte ich Frau Weber in ihr Smartphone quaken.

»Maskerade … Verschwörung … Na wartet!«

Dass sie zu den missmutigen Zeitgenossen gehörte, hatten wir ja schon mitbekommen. Aber als sich Frau Weber wieder zu uns umdrehte, hörte ich mich schlucken. Jetzt konnten wir nämlich alle erleben, wie es aussah, wenn sie stocksauer wurde.

»Papperlapapp!«, erklärte sie in schnarrendem Ton. »Dieser Stadtteil wird sich verändern. Er ist schon auf dem besten Weg.«

»Aha, und woher wissen Sie das?«, fragte Frau Gutmann aufgewühlt.

»Weil ich selbst vor Kurzem ein Mietshaus gekauft habe.« Frau Weber zückte eine Visitenkarte und reichte sie Frau Gutmann. »Ich bin eine von denen, die hier in Zukunft gestalten werden, darauf können Sie sich verlassen. Wenn Sie wirklich etwas wissen wollen über Neukölln, wenden Sie sich jederzeit an mich.«

Von der anderen Straßenseite zeigte uns Kasim zum ersten Mal an diesem Nachmittag einen erhobenen Daumen. Unser Regisseur musste komplett den Überblick verloren haben. Was half es uns jetzt noch, dass wir im Zeitplan lagen?

Über die Reichen, die die Häuser in unserem Kiez aufkauften und uns daraus vertreiben wollten, wurde viel gesprochen, aber persönlich und aus der Nähe hatten weder Kasim noch Nesrin und erst recht nicht ich jemals einen zu Gesicht bekommen.

So sahen sie also aus, wenn sie den Kampf aufnahmen. Und augenblicklich wurde mir klar, was an ihnen so gefährlich war.

Die Schlange

An der nächsten Ecke verloren wir die Chinesen. Sie waren plötzlich einfach weg und wir machten nicht den Versuch, sie wiederzufinden.

Es war die Ecke, an der Finn-Ole hätte überfallen werden sollen, und Woodys Clique wartete bereits unter dem vereinbarten Laternenpfahl. Aber Finn-Ole war nirgends zu sehen. Entweder war es ihm nicht geglückt, Braun loszuwerden, oder Kasim hatte ihn aus dem Verkehr gezogen, weil unsere Touristen ihn auch ohne den Hund hätten wiedererkennen können.

Woody und seine Freunde blickten unschlüssig, als sie uns kommen sahen, und ich fürchtete schon, sie hätten sich ebenfalls einen Plan B überlegt und würden den Versuch unternehmen, *uns* zu überfallen anstatt Finn-Ole. Ich war heilfroh, dass die drei uns in Ruhe vorbeigehen ließen und nur ratlos mit den Schultern zuckten.

Ecki sahen wir auf einer Bank am Maybachufer pennen. Seinen Auftritt konnte man also ebenfalls vergessen. Unser Angebot schrumpfte buchstäblich auf Schritt und Tritt.

Das Einzige, was mit jedem Schritt wuchs, war meine Überzeugung, dass ich monatelang von diesem Tag albträumen würde.

»Die Väter dieser beiden jungen Damen werden nicht auftauchen, habe ich recht?«

Frau Weber lächelte zum ersten Mal. Es war das Grinsen von Ka, der Schlange aus dem Dschungelbuch, und leider lag sie mit ihrer Vermutung nicht einmal falsch. Nesrins Vater hatten wir nichts verraten, weil er Polizist ist, und mein Vater hatte ebenfalls keine Ahnung, weil wir überhaupt nicht auf die Idee gekommen waren, Linus oder Juliane einzuweihen.

»Natürlich wird mein Vater auftauchen«, behauptete Nesrin lahm.

Dass sich mein eigenes Entsetzen nun auch in ihren Augen widerspiegelte, brachte mich zusätzlich aus der Fassung. Anscheinend wurde jetzt auch meiner Freundin klar, was wir da eigentlich taten: Zwei elfjährige Mädchen lotsten eine Schar Touristen durch Neukölln und erwarteten, dass diese nicht merkten, wie sie an der Nase herumgeführt wurden!

Immerhin hatten wir inzwischen den Stoffmarkt erreicht,

und wie geplant stürzten sich unsere Touristen auf die Stände. Eine weitere Verschnaufpause, während der das Drehbuch für mich nur einen einzigen Satz vorsah: »Bitte achten Sie auf Ihr Handgepäck. Neukölln hat die geschicktesten Taschendiebe. Sie werden direkt auf dem Alexanderplatz ausgebildet.«

»Quatsch«, versetzte Frau Weber sofort. »Kaufen Sie in aller Ruhe ein. Hier ist doch jetzt überall Security.«

Wahrscheinlich zählte sie sich auch dazu, denn sie stellte sich direkt hinter Gutmanns und beobachtete, während diese die Auslagen besichtigten, mit Argusaugen jeden, der sich ihnen näherte. Womit der ausgefeilte Auftritt von Johnny ebenfalls geplatzt war, denn mit einem solchen Wachhund hat selbst ein ehemaliger Berufstaschendieb aus Alabama keine Chance. Er heulte beinahe vor Enttäuschung. Bei Sprengels konnte er nämlich auch nicht landen, denn Herr Sprengel übernahm selbst die Bewachung seiner Familie.

»Hauen wir ab?«, flüsterte ich Nesrin zu.

Trotzig schob sie das Kinn vor. »Wieso? Sie haben Tee und Bakhlava bekommen, und sieh dir an, wie viel Spaß sie beim Einkaufen haben. Die Einzige, der es nicht gefällt, ist diese dumme Kuh.«

»Vielleicht haben wir ja Glück und *sie* haut ab!«, meinte ich und versuchte meine letzte Hoffnung zu aktivieren.

Dr. Engels behauptet nämlich, dass manche Wünsche allein dadurch wahr werden, dass man sie ausspricht.

Aber ich hatte es geahnt: Frau Weber dachte überhaupt nicht daran, das Feld zu räumen.

»Wollen wir doch mal sehen, was die Kinder sich noch alles ausgedacht haben«, hörten wir sie gönnerhaft zu Gutmanns sagen, und wir hörten sie vor allem deshalb, weil sie sich keinerlei Mühe machte, ihre Stimme zu senken.

»Wollen Sie damit sagen …« Nun scharten sich auch Sprengels um Frau Weber. »Wollen Sie damit sagen, alles ist nur inszeniert?«

»Natürlich, was denn sonst?«, erwiderte Frau Weber ungeduldig.

»Und wenn schon. Immerhin zeigen die Kinder Einfallsreichtum«, verteidigte uns Herr Gutmann.

Ich halte eine Menge von Kasim, aber in diesem Moment begriff ich, dass sein Plan mit dem Drehbuch Augenwischerei gewesen war. Wäre es ein richtiges Drehbuch gewesen, hätten wir an dieser Stelle nur einen Blaulichteinsatz, einen kleinen Unfall oder Überfall einzufügen brauchen und von uns abgelenkt. Zwei, drei Sekunden hätten gereicht, um zu verschwinden.

Im echten Leben kannst du, wenn du in eine solche Notlage gerätst, nur noch dastehen und deinem eigenen Untergang ins Gesicht blicken. Vor allem, wenn deine Opfer bereits direkt auf dich zukommen.

»Einfallsreichtum? Dreistigkeit trifft es wohl eher!« Frau Weber fasste uns streng ins Auge. »Neukölln für starke Nerven! Acht Euro! Dass ich nicht lache.«

Sie standen um uns herum. Wir standen in der Mitte. Mit Ausnahme von Frau Weber hatte keiner von uns eine Ahnung, was er sagen sollte.

Es war einer dieser Momente im Leben, von denen du im Nachhinein überhaupt nicht sagen kannst, wie lange er gedauert hat. Stell dir das Austeilen von Klassenarbeiten vor, wenn die Vierer an der Reihe sind und dein Heft noch immer nicht dabei ist. Den Zahnarzt, der dir im Mund herumstochert und ein »Hmmm« in die Länge zieht. Beides zusammengenommen reicht noch nicht, um das Gefühl auszumalen, das mich beschlich, während wir wie die Idioten zwischen den Teilnehmern unserer ersten Starke-Nerven-Tour standen.

Plötzlich rotzte Uwe Sprengel seinen Kaugummi auf den Bürgersteig und bemerkte: »Also, der Typ im Nachthemd war gut.«

»Und die Turbane!« Frau Gutmann begann zu kichern. »Wo gibt es diese Aufkleber? Die kleben wir auf die Umschläge, wenn wir unsere neue Adresse verschicken, Hermann!«

Es war, als schnippte ein Dirigent mit dem Finger – wie auf Kommando fingen alle außer Frau Weber an, schallend zu lachen. Nesrin und ich lachten mit, was blieb uns übrig? Zehn Meter weiter guckte Kasim entgeistert hinter einem Ständer mit gehäkelten Sommerhüten hervor, und als ich mich umsah, entdeckte ich plötzlich auch Finn-Ole, Mustafa und Rifat, Dilek, Idel, Hassan Junior und selbst Braun, der hinterm Bonbonstand festgebunden war.

Fast alle Schauspieler des heutigen Nachmittags waren irgendwo in unserer Nähe in Deckung gegangen und der Anflug einer Ahnung durchzuckte mich, dass unsere Tour vielleicht ganz anders ausgegangen wäre, wenn ich gewusst hätte, dass unsere Leute die ganze Zeit da gewesen waren und uns nicht allein gelassen hatten.

»Eure Eltern haben keine Ahnung, stimmt's?«, prustete Herr Gutmann.

»Ich möchte wissen …«, schrie seine Frau, krümmte sich und konnte nicht weitersprechen.

»… was daran so lustig sein soll«, vollendete Frau Weber beleidigt.

»Ich möchte wissen …«, kreischte Frau Gutmann von Neuem und hielt sich den Bauch.

Nesrin und ich tauschten einen verstörten Blick. Ich konnte meiner Freundin ansehen, dass auch sie nun am liebsten dem Beispiel der Chinesen gefolgt und vom Erdboden verschwunden wäre. Ausgelacht zu werden ist eine schauerliche Erfahrung, vor allem, wenn du dich die ganze Zeit fragst, was genau eigentlich schief gelaufen ist. Wo du einen Fehler gemacht hast, und ob vielleicht bitte irgendjemand anders schuld ist.

»... wie ihr ihnen die Würgemale erklären wollt«, brüllte Frau Gutmann, während ihr Lachtränen übers Gesicht rannen.

»Ihr könnt froh sein, wenn ich keine Anzeige erstatte«, sagte Frau Weber drohend. »Das war kein Kinderspiel. Immerhin waren auch Erwachsene beteiligt.«

»Nun haben Sie sich mal nicht so!«, meinte Herr Sprengel. »Auch wir hatten einen tollen Nachmittag. Ich freue mich schon darauf, in Böblingen davon zu erzählen. So gut haben wir lange nicht mehr gelacht, stimmt's, Gudrun?«

»Fehlt nur noch die Versteckte Kamera«, bestätigte Frau Sprengel, richtete ihr Haar und blickte sich erwartungsvoll um, und Herr Gutmann schlug vor: »An eurer Stelle würde ich das einbauen. Mit einem Video von der Tour könnt ihr zusätzlich verdienen.«

»Zusätzlich verdienen?« Frau Weber blickte ihn entgeistert an. »Sie wollen doch nicht sagen, dass Sie auch nur einen Cent bezahlen wollen!«

»Selbstverständlich!«, erklärte Herr Gutmann, nahm seinen Strohhut ab und hielt ihn seiner Frau hin. »Tu ordentlich was rein, Helga. Ich finde, die Mädels haben es verdient. Guck mal, wie blass die Armen geworden sind.«

Wir fielen von einem Schock in den nächsten, als Frau Gutmann tatsächlich ihre Geldbörse zückte und einen Zwanzig-Euro-Schein in den Hut legte. Herr Sprengel tat es ihr gleich und meinte: »Auf den Schreck! Nun nehmt es schon an, ihr habt es verdient.«

Schließlich nahm Herr Gutmann selbst die Scheine aus dem Hut und drückte sie mir in die Hand. »Hoffentlich kauft sie sich neue Schuhe«, hörte ich Frau Sprengel sagen.

Frau Webers Augen blitzten. »Von mir gibt es keinen Cent«, erklärte sie. »Und wenn ich noch einmal sehe, wie ihr Leute an der Nase herumführt, dann könnt ihr was erleben!«

Sprach's, schmiss ihre Handtasche über die Schulter und stöckelte davon.

»Unfug«, erklärte Herr Gutmann. »Natürlich könnt ihr weitermachen, es kommt ja niemand zu Schaden. Habt ihr schon ein Gewerbe angemeldet?«

Wir schüttelten stumm den Kopf. Ich konnte nicht sprechen vor lauter Sehnsucht, dass auch Gutmanns und Sprengels endlich verschwanden und unsere Freunde aus ihren Verstecken kommen konnten, damit wir uns gegenseitig trösteten. Mittlerweile tauchten auch diejenigen auf, die überhaupt nicht mehr zum Zug gekommen waren:

Onkel Ömer, Herr Runge, Hatice und Selim. Besonders für Herrn Runge tat es mir leid, mit all den Beulen und Schrammen an seinem Taxi.

»Meldet es so schnell wie möglich an«, riet Herr Gutmann. »Sonst klaut euch am Ende noch jemand die Idee«, und reihum gaben uns alle die Hand und dankten und gratulierten uns, als wäre uns unsere geniale Idee nicht gerade krachend um die Ohren geflogen.

Immer noch lachend gingen sie davon. Noch nie war ich so froh gewesen, die Kehrseite von jemandem zu sehen, da konnten sie sich noch so herzlich umdrehen, um uns noch einmal zu winken.

Und wenn du glaubst, es könne nicht schlimmer kommen, dann kann ich nur sagen: Irrtum.

Frau Gutmann kehrte nämlich um und kam zu uns zurück.

»Ist das in der Nähe?«, fragte sie und hielt mir Frau Webers Visitenkarte unter die Nase.

Gehorsam machte ich den Mund auf. Klappte ihn wieder zu. Blinzelte ungläubig.

Auf Frau Webers Karte – gleich unter der Zeile *C.G. Weber Home Development* – stand Nesrins und meine eigene Adresse.

Jahrestag

Der 7. Juni fiel in diesem Jahr auf einen Sonntag und bereits beim Aufwachen wusste ich, was das Beste an dem Tag sein würde: dass der nächste 7. Juni noch ein ganzes Jahr in der Ferne lag. Im Unterschied zu 2014 dachte ich diesmal aber immerhin nur flüchtig an Vicky, und auch das Nacherleben des Schocks auf dem Fernsehturm war weniger intensiv.

Dafür war mein Kopf mit so vielen neuen Problemen vollgestopft, dass ich sie für Dr. Engels würde aufschreiben müssen, damit er überhaupt eine Chance hatte, sich etwas Überblick zu verschaffen. Dr. Engels empfiehlt das Aufschreiben, um die Gedanken zu ordnen, räumt aber selbst ein, dass du dir Zeit dafür nehmen musst. *In einer ruhigen Stunde*, sind seine exakten Worte, und von ruhiger Stunde konnte an diesem Morgen keine Rede sein, weshalb ich von dem Vorhaben nach kurzem In-mich-Horchen wieder absah.

Wo hätte ich auch anfangen sollen? Bei meiner Angst vor der nächsten Starke-Nerven-Tour? Die Dreiviertelstunde mit Dr. Engels am kommenden Freitag würde schon für Frau Weber kaum ausreichen, die dunkle Wolke, die mit einem Mal über meinem Zuhause schwebte; selbst für unser drohendes Picknick mit Fred würde nicht genug Zeit übrigbleiben.

»Meine Telefonnummer gebe ich dir nicht, Pia«, hatte Dr. Engels gesagt. »Du brauchst sie nicht, glaub mir.«

Ich konnte mir nicht leisten, an Dr. Engels zu zweifeln, sonst hätte ich es jetzt getan. Es durfte nicht sein – und bestimmt kam es äußerst selten vor –, dass ein Kinderpsychologe derart irrte.

Ob er auch sonntags in seiner Praxis war …?

Aus der Küche drang Julianes helles Lachen. Es war wie ein Tritt in die Magengrube, nachdem du schon am Boden liegst. Mit wem sie lachte, war nämlich nicht schwer zu erraten. Es war zehn nach neun und in der Zeit vor Fred hätte sie Jonas und mich längst aus den Betten gescheucht. Jetzt schien sie froh zu sein um jede zusätzliche Minute, die wir in unseren Zimmern blieben und sie ungestört telefonieren ließen.

Einen Augenblick verspürte ich Lust, aus dem Bett zu springen und sie um ihr Vergnügen zu bringen, aber ich lag auf meiner Matratze wie mit Bleigewichten beschwert.

Es hatte eine Zeit gegeben, in der es morgens in der Küche zweistimmig gelacht hatte, und manchmal habe ich den Klang plötzlich im Ohr. Meine Eltern, beide, miteinander. Dann hängen ihre längst verstummten Stimmen in den Wänden unserer Wohnung wie Geisterflüstern.

Und Geister würden auch Jonas und ich vielleicht bald sein, wenn es nach Frau Weber ging: wie alle anderen, die in über hundert Jahren in unserem Haus gewohnt hatten.

»Vielleicht hast du dich verguckt!« Nesrin war die Einzige, der ich bisher erzählt hatte, was ich auf der Visitenkarte gelesen hatte. »Diese Kuh kann doch nicht einfach unsere Adresse auf ihre Karte drucken. Sie wohnt doch gar nicht dort!«

»Noch nicht.« Ich fühlte meine Arme rechts und links an mir herunterhängen, und das lag nicht an den tröstenden und aufmunternden Umarmungen, die meine Freundin und ich über uns hatten ergehen lassen müssen, nachdem unsere Touristen endlich das Feld geräumt hatten.

»Vielleicht hat der Erste von uns schon die Kündigung im Briefkasten. Und schwuppdiwupp zieht sie in die Wohnung und ist da.«

»Wenn schon«, erwiderte Nesrin, »dann ekeln wir sie eben wieder raus«, und die nächste Viertelstunde verbrachten wir zunehmend munter damit, uns gegenseitig zu immer fieseren Aktionen gegen Frau Weber anzustacheln.

»Wenn wir alle mitmachen, fällt uns bestimmt was ein! Wir brauchen sowieso eine neue Geschäftsidee«, beschloss Nesrin.

Leider hielt meine Kampfstimmung nur an, solange Nesrin dabei war. Kaum war ich zuhause, war mit mir nicht mehr viel los.

Im Übrigen standen meine Freundin und ich zu unserer Verwunderung ziemlich allein da mit unserem Eindruck, dass wir eine neue Geschäftsidee brauchten.

»Es ist nicht zu 100 Prozent so gelaufen, wie wir es uns gedacht haben«, räumte Onkel Ömer abends bei der Lagebesprechung ein. »Aber zumindest die Stunde in der Mitte hat doch schon fast funktioniert. Ich finde, ihr habt eure Sache für den Anfang sehr gut gemacht, Kinder!«

»Das Drehbuch war ja auch nicht schlecht«, bemerkte Kasim bescheiden. »Lasst uns die ganze Tour noch einmal durchgehen und überlegen, was wir verbessern können.«

»Zum Beispiel, fürs nächste Mal einen anderen Reiseleiter zu ernennen«, sagte ich rasch, bevor mir jemand zuvorkam.

Aber Kasim bestimmte: »Quatsch. Du bleibst auf jeden Fall dabei, Pia!«

»Wirklich?«, fragte ich ebenso verdutzt wie geschmeichelt und ein Stein schickte sich an, mir vom Herzen zu fallen. Es war also nicht meine Schuld, dass wir uns blamiert hatten! Augenblicklich fühlte ich mich besser, ja, die ganze Tour erschien mit einem Mal in anderem Licht.

Unser Regisseur holte mich auf den Boden der Tatsachen zurück, indem er antwortete: »Klar. Du bist doch die Einzige, die alles auswendig kann.«

Zu zehnt saßen meine Freunde und ich vor, hinter und auf Onkel Ömers Theke, tranken Tee und verspeisten die Reste von Ibrahims Bakhlava. Nur Ecki stand auf der anderen Straßenseite und traute sich nicht zu uns hinein. Was mir einerseits leid tat. Andererseits hatte Onkel Ömer vielleicht recht damit, dass wir Ecki keinen Gefallen taten, wenn wir mit ihm umgingen, als ob nichts geschehen wäre.

»Er muss merken, was seine Trinkerei auslöst. Seinen Einsatz einfach zu verschlafen, nachdem er Stein und Bein geschworen hatte, dass ihm das nicht passieren würde …!«

Ich saß mit dem Rücken zur Tür und als ich mich das nächste Mal umdrehte, war Ecki verschwunden. Nicht in die nächste Kneipe, wollte ich hoffen.

Finn-Ole schlug unterdessen vor, die Namen der nächsten Teilnehmer in den Computer einzugeben, da es niemanden gebe, den man heutzutage nicht im Internet finden könne.

»Mein Vater sagt immer, sich unvorbereitet auf fremde Leute einzulassen, sei geradezu fahrlässig. Er ist Bankberater, er muss es wissen. Wenn wir uns vorher über sie informiert hätten, wäre die Panne mit dieser Frau Weber vielleicht nicht passiert.«

Onkel Ömer ging gleich zum Faxgerät, um eine Kopie der Teilnehmerliste auszudrucken, die auf mittlerweile zwanzig Namen angewachsen war, und da alle anderen Finn-Oles Vorschlag ebenfalls für eine großartige Idee hielten, verkniff ich mir die Frage, was genau wir eigentlich unternehmen wollten, wenn jemand auf der Liste nach Schwierigkeiten roch. Wir hatten schließlich nur dieses eine Drehbuch.

»Das Wichtigste ist, dass wir nicht aufgeben«, schwor Kasim uns ein. »Und denkt daran, Leute, die Proben sind noch nicht beendet, bloß weil die erste Tour ein Erfolg war.«

Mir klappte der Mund auf. »Ein Erfolg …?«, entschlüpfte es mir.

»Klar. Wir hatten begeisterte Touristen. Wir haben vierzig Euro eingenommen!«

»Zwei Typen haben Geld in einen Hut geworfen. Die anderen sind abgehauen. Das nennst du einen Erfolg?«

Kasim sah mich streng an. »Fürs Erste schon«, erklärte er.

Ich war baff. Die Wahrnehmung unserer Tour musste

von der gegenüberliegenden Straßenseite aus eine völlig andere gewesen sein als von der Spitze der Gruppe.

»Die Teilnehmer waren das Problem, nicht die Tour«, bekräftigte Kasim. »Und auf dieses Problem sind wir nächsten Samstag vorbereitet. Alles klar?«

Am Sonntagmorgen im Bett spürte ich, dass meine eigene beste Vorbereitung allenfalls darin bestehen konnte, jeden Gedanken an den nächsten Samstag zu meiden. Immerhin brachte mich der Gedanke an Finn-Ole urplötzlich auf eine Idee.

Auf Zehenspitzen durch den Flur zu schleichen, war reine Gewohnheit. An diesem Morgen hätte meine Mutter mich selbst dann nicht gehört, wenn ich auf einem Rasenmäher über die Dielen gepflügt wäre. »Was hast du dir denn vorgestellt?«, hörte ich sie kichern.

Einige Sekunden blieb ich stehen. Auch das aus Gewohnheit und keineswegs, weil ich damit zu tun haben wollte.

»Ach, ich vermisse dich doch auch, mein Schatz«, seufzte Juliane.

Kennst du das Gefühl, wenn dein Herz sich so zusammenzieht, dass es bis in die Fingerspitzen weh tut?

Jonas' Tür war wieder mal abgeschlossen und ich musste eine geschlagene Minute klopfen und seinen Namen flüstern, bis er endlich öffnete.

»Was ist los?«, fragte er unfreundlich.

»Kann ich mal kurz an den Computer?«

»Wozu?«, blaffte mein Bruder.

Ich schob ihn beiseite, schlüpfte ins Zimmer und schloss die Tür hinter mir wieder ab. »Um die Kuh zu googeln, die wahrscheinlich unser Haus gekauft hat.«

Das saß. »Wie jetzt?«, fragte er verdutzt.

Ich nahm vor dem Bildschirm von Linus' altem PC Platz, den er Jonas letzte Weihnachten vererbt hat, eine Stunde Internet pro Tag inklusive, die mein Vater strikt überwacht. In Julianes Wochen lebt mein Bruder im Surfparadies. (Es war nicht ihr Geschenk, vielleicht fühlt sie sich deshalb nicht verantwortlich.)

Weber Home Development, tippte ich unter Jonas' misstrauischen Augen ein, und tatsächlich: In den Suchergebnissen ploppten Texte und Bilder auf.

»Wer soll das sein?«, fragte Jonas und beugte sich über meine Schulter.

Um ehrlich zu sein, fand ich nicht, dass er angenehm roch, was man über das gesamte Zimmer hätte sagen können, wenn man wollte. »Claudia Gabriele Weber«, las ich vor und versuchte in die Gegenrichtung zu atmen. »Die erfolgreiche Maklerin und Witwe des Investors Harald F. Weber zieht sich aus dem süddeutschen Immobilienmarkt zurück, um Berlin zu erobern.«

Es war die Überschrift eines Zeitungsartikels aus dem *Münchner Merkur* und ich war einigermaßen geschockt. Ich hatte nicht damit gerechnet, dass Frau Weber *prominent* war. Allen Mut zusammennehmend, klickte ich das erste Bild der Ergebnisleiste an und sah mich dem Schlangenlächeln gegenüber, von dem ich gehofft hatte, ihm nie wieder zu begegnen. Frau Weber und ich starrten uns an. An ihrer Seite ein älterer Herr mit gelben Zähnen, wohl der verstorbene Harald F., an meiner Seite mein Bruder, der zwar fremd geworden, aber immerhin noch da war. Aus irgendeinem Grund war ich plötzlich ziemlich dankbar dafür.

»Sie hat unser Haus gekauft«, wiederholte ich.

»Aha, und woher weißt du das?«

»Nesrin und ich haben sie gestern zufällig kennengelernt.«

Jonas schob mich vom Stuhl und begann sich durch die Bilder und Texte zu klicken. Eine Website war auch dabei, und da hatten wir es schwarz auf weiß: Unsere Anschrift, ab 15. Juli 2015 die neue Firmenadresse von *Weber Home Development*.

Ich hörte Jonas schlucken. »Wenn wir es wären, die rausfliegen, dann wüssten wir es doch, oder?«, sagte er langsam. »Sie hätte uns doch längst gekündigt, wenn sie schon in fünf Wochen hier ihr Büro aufmacht.«

»Stimmt, wir sind es nicht!«

Wir sahen uns erleichtert an. Aber nur für einen Moment.

»Aber wer ist es denn sonst?«, flüsterte Jonas.

An der Tür gab es einen Rumms, als Juliane von außen dagegen prallte. Es wird meist Dienstag, bis sie sich vor dem Betreten seines Zimmers daran erinnert, dass Jonas abschließt.

»Jonas? Pia? Seid ihr beiden da drin?«

»Nein, im Olympiastadion«, erwiderte ich, was meinen Bruder zu meiner Überraschung zum Grinsen brachte. Es kommt nur noch selten vor, dass wir uns auf einen gemeinsamen Witz verständigen können.

Einige Sekunden verstrichen. Wir konnten Juliane hinter der Tür atmen hören.

»Kommt schon, wollt ihr nicht frühstücken? Ich habe French Toast gemacht!«

Jonas legte sich eine Hand um den Hals und gab ein würgendes Geräusch von sich. Ich kicherte, dabei bin ich eigentlich ein Fan von French Toast.

»Ich schätze es nicht, wenn du deine Tür abschließt, Jonas«, sagte Juliane eine Spur schärfer.

»Mir doch egal«, erwiderte Jonas, und als er sich auf dem Drehstuhl abstieß und wieder zum Bildschirm wandte, erhaschte ich einen Blick auf sein blasses, wuterfülltes Gesicht.

Es erschreckt mich immer, wie schnell bei uns plötzlich alles nicht mehr lustig ist.

»MACH SOFORT AUF ODER ICH NEHME DIR DEN SCHLÜSSEL WEG!«

»DU DARFST HIER GAR NICHTS OHNE DIE UNTERSCHRIFT VON PAPA!«

Ich drückte beide Hände auf die Ohren und begann zu singen.

Früher, wenn wieder ein Großes Brüllen losging, saßen mein Bruder und ich manchmal im Kleiderschrank oder hinter dem Sofa, eng zusammengerückt, beide heulend, und es war der einzige Trost, dass wir zu zweit waren. Dass Jonas selbst ein Brüllen begann, obwohl er sich genauso lebhaft daran erinnern musste wie ich, hätte ich nie erwartet. Genauso gut hätte er das Haus anzünden können.

»HÖR AUF, DU GEHST MIR AUF DEN SACK!«, schrie er mich an.

Ich nahm die Hände von den Ohren. Ich war bis zur zweiten Strophe von *Kaperfahrt* gekommen und Juliane bereits am Biomülleimer, um unser Frühstück zu entsorgen. Wir konnten hören, wie sie den Deckel zuknallte und das Geschirr ins Spülbecken schmiss.

»IHR MACHT JETZT DIESE SCHEISSTÜR AUF, ICH ZÄHLE BIS DREI!«

Ohne Vorwarnung war sie wieder da und rüttelte am

Griff. Bei Zwei war ich draußen. Bei Drei wieder abgeschlossen.

Jonas hatte mich kurzerhand gepackt und vor die Tür geschubst. Mein eigener Bruder.

»NICHT SCHLAGEN, JETZT BITTE NICHT SCHLAGEN!«, kreischte ich Juliane an, noch bevor sie auch nur dazu kam, den Mund aufzumachen.

Und nein, unsere Eltern haben nie die Hand gegen uns erhoben – sie sind in den 80er-Jahren aufgewachsen und glauben nicht an das Verprügeln von Kindern. Genau genommen, glauben sie so wenig daran, dass du sie damit völlig aus der Fassung bringen kannst. Im Forum für Scheidungskinder gab es voriges Jahr einen so regen Austausch über die Möglichkeiten des Themas Prügeln, dass der Administrator die Diskussion nach nur einer Stunde löschte.

»Was soll das heißen? Hat dein Vater dich etwa geschlagen?«, fragte Juliane mit veränderter Stimme.

Linus? Wenngleich ich einige Forumsbeiträge noch genau im Kopf hatte, war ich verdutzt, dass Juliane sofort auf das Ablenkungsmanöver ansprang. Hatte sie nicht lange genug mit meinem Vater zusammengelebt? Linus würde nie auf die Idee kommen, zu schlagen, und wenn doch, würde er vermutlich nicht treffen!

Ich sage es nicht gern, aber einen Augenblick war ich

richtig in Versuchung, etwas daraus zu machen. Nur um das Brüllen zu stoppen. Dann erklärte ich: »Quatsch, Linus doch nicht.«

»Sondern? Du musst es mir sagen, Pia, ich bin deine Mutter!«, drängte Juliane, fasste mich bei den Schultern und sah mir eindringlich in die Augen.

Es war eine Weile her, dass ich sie so dicht vor meinem eigenen Gesicht gehabt hatte. Die tiefen Sorgenfalten über ihrer Nasenwurzel und auf ihrer Stirn waren mir noch nie aufgefallen. Meine Mutter wurde alt! Ich war ordentlich erschrocken.

»Ich kann nicht«, flüsterte ich.

Gern hätte ich Vicky bezichtigt, aber wie, wenn wir nachweislich nie mit ihr zu tun hatten? Und jemand anderes, den ich wenig genug mochte – und der weit genug weg war, um ihn selbst zur Rede stellen zu können –, fiel mir auf die Schnelle nicht ein.

Juliane ließ mich los. Sie sah vollkommen fertig aus. Jonas und seine Tür waren vergessen, so viel stand fest. Ich bezweifelte, dass mein Bruder es zu schätzen wusste.

»Machst du mir einen neuen French Toast?«, fragte ich rasch.

»So viele du willst«, erwiderte meine Mutter traurig.

Teil Zwei kam dann in der Küche – der Teil, in dem sie dich auf ihre Seite zu ziehen und zu überzeugen versuchen. Sich einfach nicht bremsen können, egal wie viele Signale des Unbehagens du von dir gibst.

Mit einigen Aussagen hatte Juliane zwar recht, etwa: »Es ist eine Zumutung für euch, einen neuen Menschen in meinem Leben zu akzeptieren.«

Aber was fängst du mit solchen Informationen an: »Ich kenne Fred erst ein paar Monate, doch bei ihm bin ich einfach wieder *Ich.*«

Erwartungsvoll sah sie mich an. Ich hatte gerade mit meinem zweiten French Toast angefangen und noch gar nichts gesagt, aber anscheinend war jetzt ich an der Reihe.

»Was meinst du damit?«

Das ist ein guter Füllsatz, passt praktisch immer und ist im Ergebnis meist erfreulicher als »Versteh ich nicht«, oder: »Was heißt denn der Quatsch?« Aber augenblicklich bekam Juliane einen Blick, als wollte sie sich von innen begucken, und noch bevor sie antwortete, wünschte ich, ich hätte eine der weniger freundlichen Varianten gewählt.

»Das hier«, sagte sie langsam. »Das bin ich nicht, Pia. *So* bin ich nicht.«

Was in aller Welt meinte sie? Unsere Wohnung? Das Brüllen mit Jonas? Das Leben mit allen außer Fred? Das Leben mit *uns*?

»Versteh ich nicht«, hörte ich mich nun doch sagen.

Und Juliane, ungeduldig: »Klar bin ich eure Mutter, aber

doch nicht nur …! Kann nicht einer von euch wenigstens mal versuchen, die Situation aus meiner Sicht zu betrachten?«

Mit einer heftigen Bewegung stand sie auf, ging zur Spüle und begann an der Pfanne herumzuschrubben.

»Dauernd diese vorwurfsvollen Gesichter! Langsam habe ich es satt, verstehst du? Ich bin es, die betrogen und verlassen wurde, und kaum bin ich wieder ein bisschen glücklich …«

Ihre Stimme versagte. Meine auch. Mein Kopf war wie leergefegt, zwischen Hirn und meinem Sprachzentrum gab es überhaupt keine Verbindung mehr und eine Weile saß ich einfach da und hörte zu, wie der nagelneue Scotch-Britt-Schwamm unserer Pfanne zeigte, was er konnte. (Meine Mutter hat einen ganzen Vorrat davon angelegt, damit sie immer einen frischen Schwamm hat, wenn sie die Wohnung übernimmt.)

»Und was jetzt?«, fragte Juliane müde, als ich schließlich aufstand.

»Ich gehe in mein Zimmer und schreibe alles auf für Dr. Engels.«

Ein weiterer Versuch, sie auf Kurs zu bringen, der leider komplett in die Hose ging.

»Siehst du? Genau das meine ich!«, regte sie sich auf. »Schon geht es wieder nur um dich. Ich habe überhaupt keinen Grund, ein schlechtes Gewissen zu haben, Pia, und wenn dein Therapeut dich nach über zwei Jahren noch immer nicht soweit hat, das einzusehen …«

Sie brach ab. »Was dann?«, fragte ich alarmiert.

»Dann sollten wir darüber nachdenken, die Sache abzubrechen.«

Ich hörte mich atmen. »Wenn du das machst …«

Meine Mutter hob den Kopf.

»Dann bin ich weg«, sagte ich mit fremder Stimme, bevor ich mich umdrehte und türenknallend aus der Wohnung rannte.

Auch das gehört zu den Vorteilen einer lebenslangen besten Freundin: Du kannst dort jederzeit aufschlagen, wenn du zuhause Krach hast – selbst im Schlafanzug, und selbst wenn dir auf dem Weg nach oben eine kleine Stimme zuflüstert, dass du dir mit ein bisschen Pech vielleicht schon bald neue Leute wirst suchen müssen, bei denen du unterkriechen kannst.

Was wiederum so unvorstellbar war, dass ich mir zumindest darüber keine ernsthaften Sorgen machte. Nicht einmal als Bauarbeiter am nächsten Tag ein *C. G. Weber Home Development*-Schild aufstellten und anfingen, unser Haus einzurüsten.

Eingerüstet

Auf dem Kanal vor dem Wohnzimmerfenster glitt die gute alte *Spreeperle* vorüber und solange das Baugerüst vor unserem Haus erst bis zum zweiten Stock reichte, konnte ich noch mit freiem Blick zu ihr hinübersehen. Am Oberdeck saßen nur wenige Leute und der Text, den das Drehbuch des Touristenführerkollegen an Bord vorsah, war auf Höhe unseres Straßenzugs jetzt wohl auch veraltet. Wen interessierten noch Boule-Platz und Türkenmarkt? Hatte der Mann keine Augen im Kopf? Ich an seiner Stelle hätte beim Anblick der frischen Baustelle hoffentlich schneller geschaltet und improvisiert.

»Da sehen Sie es, meine Herrschaften: Quasi über Nacht wieder ein neues Bauschild, ein neuer Eigentümer, eine neue Hausgemeinschaft in der Krise. Was sich in den Wohnungen dieser armen Menschen gerade abspielt – man wagt es kaum sich auszumalen …«

Die Veränderungen waren in der Tat schon nach wenigen Stunden phänomenal. Zum Beispiel hätte ich mir bis gerade eben nicht ausmalen können, dass Juliane Linus persönlich anrufen würde, anstatt schriftlich zu verhandeln, und ich musste es erstmal halblaut vor mich hin sprechen, um es zu glauben: Juliane hatte bei Linus zuhause angerufen! Sie hatte Vicky am Apparat gehabt! Sie hatte in ganz normalem Ton gesagt: »Hier ist Juliane. Ich muss mit Linus sprechen, es ist dringend.«

Und Vicky war tatsächlich losgesaust und hatte meinen Vater ans Telefon geholt.

»Linus, hast du irgendwann in letzter Zeit eine Benachrichtigung erhalten, dass wir einen neuen Hausbesitzer haben?«, fragte Juliane ohne Umschweife. »Wirklich nicht? Denk nach! Könntest du den Brief vielleicht weggeworfen haben?«

Meine Mutter war überzeugt, der Gerüstbau könne auf der Stelle gestoppt werden, wenn Frau Weber ihre Mieter nicht davon in Kenntnis gesetzt hatte. Bei den anderen Mietern – außer Herrn Schnuck, dessen Tür fest verschlossen war wie eh und je – hatte sie im Laufe des Morgens schon nachgefragt, aber die waren genauso überrascht von Schild und Gerüst wie sie.

Genauso überrascht wie alle außer Nesrin, Jonas und mir.

»Nein, ich mache dir keine Vorwürfe, ich frage dich lediglich, ob du dich an so einen Brief erinnerst. Unser Haus ist verkauft und sie fangen schon an zu renovieren. Wir werden hier seit heute Morgen eingerüstet, Linus, und keiner kann sagen, was da auf uns zukommt!«

Es krachte laut, als ein weiteres Verbindungsstück des Gerüsts in seine Halterung rastete, und im nächsten Moment sah ich mich einem freundlichen dunkelhäutigen Gesicht gegenüber, das *Bonjour* sagte.

»Juliane!«, schrie ich. »Sie sind schon im dritten Stock!«

Das Gesicht auf der anderen Seite blickte enttäuscht, als ich unhöflich das Fenster zuschlug, aber meine Erziehung war mir egal. Wenn ich überhaupt ein schlechtes Gewissen hatte, dann nur deshalb, weil ich die Situation trotz aller Dramatik so genoss. Im Haus standen alle Türen offen, keiner wollte etwas verpassen und wenn man Lust hatte, konnte man von Wohnung zu Wohnung spazieren, um einfach nur zu sagen: »Bei uns gibt es auch nichts Neues.«

Nesrin fand die Aufregung im Haus ebenso spannend wie ich. Wir glaubten, dass wahrscheinlich unser Wissensvorsprung daran schuld war.

Meine Mutter schob sich zu mir ans Fenster, den Telefonhörer am Ohr, und ich stellte mir vor, wie am anderen Ende der Leitung neben meinem Vater jetzt Vicky mithörte. Juliane hatte Linus nicht auf dem Handy anrufen wollen, das war ihr »zu privat«.

»Komm her und sieh es dir an, wenn du mir nicht glaubst«, sagte meine Mutter ungeduldig. »Aber fahr auf dem Weg bei Ikea vorbei und besorg Vorhänge. Es wird vielleicht ein paar Tage dauern, bis sie das Gerüst wieder abbauen müssen.«

Es klopfte an meine Zimmertür und Frau Gries teilte uns mit, dass die *Abendschau* nur wegen eines Baugerüsts keinen Reporter schicken wollte. Wenn der neue Hausbesitzer anfing, Fenster zuzumauern, Strom und Wasser abzustellen oder Großfamilien einzuquartieren, die überall Müll abluden, dürften wir aber gerne wieder anrufen.

»Um Gottes Willen, warum sollten sie uns denn die Fenster zumauern, Frau Metternich?«

»Niemand mauert uns die Fenster zu, Frau Gries«, versprach meine Mutter. »Wisst ihr was? Wir regen uns überhaupt nicht auf. Wir tun jetzt einfach so, als wäre alles ganz normal. In ein paar Tagen ist es bestimmt vorbei.«

Sie warf einen verzagten Blick nach draußen. Der Arbeiter auf dem Gerüst winkte uns zu, bevor er das nächste Brett annahm, worauf sich Juliane augenblicklich ihrer Mutterpflichten besann: »Dieser Clown da draußen ist kein Grund, deine Hausaufgaben zu vergessen, Pia!«

Wahrscheinlich sind auch Mütter manchmal froh über eine Art inneres Drehbuch.

Zwischen dem Verabschieden unserer Nachbarin und

dem Eintreffen meines Vaters mit den neuen Vorhängen gab ich mir alle Mühe, ein paar unregelmäßige englische Verben auswendig zu lernen. Julianes Wohlbefinden lag mir dabei allerdings etwas weniger am Herzen als die Sorge, dass sie mich an die Aufgaben schickte, während Linus da war. Gleichzeitig mit ihr in unserer Wohnung, zum ersten Mal seit über zwei Jahren!

Ich machte mir nichts vor – auch ehemalige Eheleute können wieder in ein Brüllen geraten und an familiären Krisen reichte mir, dass Jonas seit gestern fast kein Wort geredet hatte. Aber obwohl ich überhaupt nicht einschätzen konnte, was auf uns zukam, spürte ich, wie sich in meinem Inneren bereits so etwas wie *positive Erwartung* aufbaute.

Vorsicht, Pia!, dachte ich noch, aber ich konnte nicht anders: Als der Bauarbeiter das nächste Mal zu mir reingrinste, grinste ich zurück.

Von Brüllen konnte denn auch tatsächlich keine Rede sein. Juliane und Linus standen sich so verlegen gegenüber, dass sie über ein Hallo kaum hinauskamen. Schließlich kam ich ihnen zu Hilfe und lockerte die Atmosphäre durch ein aufmunterndes: »Jetzt gebt ihr euch am besten erstmal die Hand!«

Linus tat einen beherzten Schritt auf Juliane zu. Du konntest meiner Mutter ansehen, dass sie den Kuss, den er ihr auf die Wange drückte, ebenso wenig erwartet hatte wie ich.

»Siehst gut aus«, erklärte er dabei, und Juliane behauptete höflich: »Du auch.«

Dabei war Linus leider ziemlich zerrauft. Er hatte Frühschicht gehabt und sich bei Julianes Anruf gerade im Tiefschlaf befunden, und Ikea macht ihn sowieso immer fertig. Aber war ihm das erste Wiedersehen mit unserer Mutter nach über zwei Jahren so unwichtig, dass er es nicht einmal für nötig hielt, sich die Haare zu kämmen?

Fred sieht immer aus wie aus dem Ei gepellt. Kunststück, er hat eine Glatze. Aber trotzdem hätte Linus sich ein wenig Mühe geben können, wie ich fand.

Jonas' Zimmertür öffnete sich und mein Bruder glotzte uns an. Das kommt davon, wenn man sich den ganzen Tag einschließt.

»Willst du nicht herauskommen und deinen Papa begrüßen?«, fragte Juliane albern.

Jonas war so verdattert, dass er tatsächlich in den Flur kam und Linus umarmte. Anschließend standen wir herum wie ein Grüppchen Schauspieler, das vergessen hat, wer als Nächster mit Text dran ist. Erst das Krachen des Gerüsts vor dem Nebenzimmer erinnerte uns daran, warum Linus eigentlich gekommen war.

Mit umwölkter Stirn standen meine Eltern nebeneinander und besichtigten, was von unserem ehemaligen Ausblick über den Landwehrkanal übrig geblieben war: Laufplanken entlang unserem Fenster und mehrere Paar Füße in Turnschuhen, deren Besitzer bereits an der nächsten Gerüstebene arbeiteten.

»Natürlich habe ich sofort die Nummer auf dem Bauschild angerufen«, sagte Juliane. »Aber da geht niemand an den Apparat. Das sind bestimmt Russen oder Griechen oder eine Briefkastenfirma auf den Kaiman-Inseln. Es würde mich nicht wundern, wenn es gar keinen C.G.Weber gäbe.«

»Keine«, verbesserte Jonas. »Es ist eine Frau und sie hat eine Website.«

Peng. Ich war baff. Zwar hatte mein Bruder – im Gegensatz zu mir – keinen Grund zu verschweigen, dass wir von Frau Weber bereits gewusst hatten. Aber immerhin hatte er sein Wissen von mir! Hätten wir uns da nicht wenigstens absprechen müssen?

Da stand er und prahlte, als ob ich überhaupt nichts mit C.G.Weber zu tun hätte. Was blieb mir übrig, als mitzuspielen? Meinen wütenden Blick ignorierte Jonas geflissentlich, während wir zu viert an seinen Computer drängten.

Auf Frau Webers Website blinkte ein Aktualisierungsbutton und ich ahnte es schon: Als Juliane darauf klickte, erkannten wir unser eigenes Haus.

»Umweltgerechter Ausbau des Dachgeschosses und Anbau eines Außenaufzugs an unserem Projekt am Maybachufer«, las meine Mutter vor. »Da habt ihr es! Unser Haus ist bereits ein *Projekt*!«

»Aber Dachgeschoss und Aufzug – das ist doch gar nicht so schlimm«, meinte Linus.

»Nicht schlimm? Herrje, Linus, wo lebst du eigentlich? Genau so fängt es doch immer an! Sie setzen eine Etage samt Aufzug obendrauf und sämtliche Mieter müssen mehr bezahlen, weil das Haus angeblich aufgewertet wird. Ob wir anderen etwas davon haben, interessiert überhaupt nicht.«

»Bezahlen?«, wiederholte Linus alarmiert. »Ich kann nicht noch mehr bezahlen! Ich weiß schon jetzt kaum noch, wie ich die Kosten für zwei Familien stemmen soll.«

»Tja, das hättest du dir mal früher überlegen sollen«, erwiderte Juliane spitz.

»Bitte!« Mein Vater hielt sich den Kopf. »Nicht dieses Thema schon wieder, wir haben weiß Gott andere Sorgen. Glaubst du wirklich, man kann die Sache noch stoppen?«

Julianes Schultern sanken herab. »Nun ja. Wir können den Bau eventuell eine Weile hinauszögern, weil diese Weber uns nicht benachrichtigt hat, aber wenn das Haus wirklich ihr gehört – aufhalten können wir sie nicht.«

Keine Viertelstunde später war unsere Wohnung voller

Menschen. Die ganze Familie Kemal war da, Frau Gries, Familie Rauch und Familie Schlucht, selbst Oma Pippig hatte sich die Treppe hinaufgeschleppt. Nur Herr Schnuck fehlte, wie immer.

Das Kommando hatte meine Mutter. »Es ist wahr, wir sind verkauft«, eröffnete sie und stoppte mit einer Handbewegung das Jammern und Schimpfen, das sofort einsetzte. »Wir werden saniert. Wir werden Dreck und Lärm ertragen müssen, dagegen können wir uns nicht wehren. Aber wehren können wir uns gegen die Veränderungen, die sie versuchen werden, uns aufzuzwingen. Darauf sollten wir alle Kraft konzentrieren, denn nur da haben wir eine Chance.«

Meine Mutter! Ich platzte fast vor Stolz, als Applaus einsetzte, und ich war, wie ich plötzlich feststellte, nicht die Einzige: Linus' Unterkiefer klappte leicht herunter, während er Juliane beobachtete, und man konnte zusehen, wie sich seine Überraschung in Bewunderung verwandelte.

Hatte er sie früher auch so angesehen? Ich konnte mich nicht erinnern.

»Am besten«, fuhr Juliane fort, »berufen wir eine Versammlung der Hausgemeinschaft ein und wählen ein Mieterkomitee, das unsere Belange der neuen Besitzerin gegenüber vertritt.«

»Ich werde Sie vorschlagen, Frau Metternich!«, rief Frau

Gries unter zustimmendem Gemurmel der Hausbewohner.

»Wenn es der allgemeine Wunsch ist, werde ich mich selbstverständlich nicht sträuben«, versprach Juliane bescheiden, worauf neuerlicher Applaus einsetzte.

Ich fühlte mich richtig beschwingt. Das Gefühl, dass alle zusammenhalten, richtet so etwas leicht bei mir an. Ein bisschen Frieden und schon glaube ich, es könne nichts Schlimmes mehr passieren.

Und meine Eltern? Setzten sich, als alle gegangen waren, zusammen an den Küchentisch. Jonas und ich drückten uns regelrecht vor der angelehnten Tür herum, um ein paar Worte zu erhaschen.

»Hast du gesehen, wie Linus Juliane vorhin angesehen hat?«, flüsterte ich.

»Klar, ich bin doch nicht blind!«, flüsterte Jonas zurück.

Wir wechselten einen bedeutungsvollen Blick. Keiner von uns hätte zwar schon sagen können, was genau hier von Bedeutung war, aber in einem chinesischen Glückskeks habe ich mal den Spruch gefunden: *Irgendwas steckt immer hinter allem.*

»Wichtig ist, auf jeden ihrer Schritte vorbereitet zu sein und uns nicht überraschen zu lassen.«

Das war Juliane, und Linus hörten wir sagen: »Noch wichtiger ist, zusammenzuhalten und am selben Strang zu ziehen. Wir müssen aufhören, unsere Kräfte gegeneinander zu richten.«

Jawohl!, hätte ich beinahe gerufen.

Unruhe machte sich in meinem Inneren breit, als mir bewusst wurde, dass wir Vicky und Fred nun irgendwie loswerden mussten. Ein kleiner Unfall vielleicht? Oder Fred verliebte sich in einen Mann, wie mein Patenonkel Robin.

»Brauchst du morgen Hilfe beim Aufhängen der Vorhänge?«, fragte Linus.

Sag ja! Sag ja!, flehte ich stumm.

»Sehr gern, danke«, erwiderte Juliane und eine Welle warmer Gefühle überflutete mich, als ich an ihrer Stimme hörte, dass sie lächelte.

Was in aller Welt machten wir denn jetzt mit Max und Lennart?

In der Küche gluckerte es. Offenbar hatten sie eine Flasche Wein geöffnet! Wenn Paare im Fernsehen Wein trinken, ist das immer ein gutes Zeichen; nie dauert es lange zwischen Wein und Kuss, und Jonas und ich tauschten einen weiteren staunenden Blick, dem auf der anderen Seite der Tür eine vielversprechend lange Pause folgte.

Dann sagte Linus: »Wie ich höre, gibt es auch bei dir wieder jemanden.«

Und meine kurze Hoffnung platzte wie eine Seifenblase.

»Er heißt Fred«, sagte Juliane leise. »Und er könnte das Beste sein, das mir in meinem Leben passiert ist.«

»Ich wünsche es dir«, erwiderte Linus. »Wirklich, das ist mein Ernst.«

Ich richtete mich auf, ich hatte mehr als genug gehört. »Gehen wir rein?«

»Wozu?«, fragte mein Bruder. Sein Gesicht war hart geworden, er drehte sich abrupt um und verschwand in seinem Zimmer. Er war genauso enttäuscht von unseren Eltern wie ich.

Aber immerhin: Jonas und ich zusammen im Flur. Meine Eltern zusammen in der Küche. Das allein war Veränderung genug, um sich das Datum zu merken: Montag, der 8. Juni 2015.

Der zwanzigste Name

Finn-Ole hatte sich selbst übertroffen. Am Mittwochnachmittag konnten wir zwölf von zwanzig Teilnehmern der nächsten Starke-Nerven-Tour am Laptop besichtigen, komplett mit Fotos, Lebenslauf, Hobbys und Facebook-Status. Zwei Paare hatte Finn-Ole gar nicht erst zu suchen begonnen, weil sie Schmitz und Müller hießen, und drei Personen – mit den Vornamen Elfriede, Hermann und Erwin – gehörten vermutlich zu Jahrgängen, die nicht im Internet waren.

»Das wiederum heißt, dass wir uns auf ältere Leutchen einstellen müssen, die wahrscheinlich nicht gut zu Fuß sind«, schlussfolgerte er.

»Uff!« Nach kurzer Schweigepause sprach Kasim aus, was wir alle dachten: »Das hast du verdammt gut gemacht, Finn-Ole.«

Unser Kollege, der sonst alles tut für ein Kompliment von Kasim, nahm die Bemerkung mit ungewohnter Zurückhaltung auf. Er hatte, wie sich herausstellte, noch nicht alles erzählt.

»Das sind jetzt aber erst neunzehn Personen«, rechnete Nesrin nach. »Was ist denn mit Nummer 20, Finni?«

»Tja«, sagte Finn-Ole gedehnt. »Nummer 20 ist unser Problem für nächsten Samstag. Tut mir leid, Pia.«

Trotz dieser Vorwarnung sprang das letzte Foto seiner Sammlung so plötzlich und hinterhältig auf den Bildschirm wie eine der Terror-Ninjas in Jonas' Computerspielen.

»Alfred Menzel, 53 Jahre, geschieden, zwei erwachsene Kinder, Lehrer für Mathe und Sport am Schiller-Gymnasium«, las Finn-Ole vor. »Hobbys: Rudern, Tango und Blues-Harp. 457. Platz beim Berlin-Marathon 2010. Facebook-Status: in Beziehung.«

»Geht denn einer von uns aufs Schiller-Gymnasium? Scheiße, wer ist das?«, fragte Mustafa verdattert in die plötzliche Stille hinein.

»Woher …«, hauchte ich.

»Er hat auch Bilder von deiner Mutter gepostet«, gestand Finn-Ole.

Du konntest ihm ansehen, dass er der Vollständigkeit halber gern den Beweis geführt und Julianes Bilder gezeigt hätte, aber im letzten Moment mir zuliebe davon absah.

Alle außer mir beugten sich vor und inspizierten das

freundlich lächelnde Gesicht von Fred. Er hatte sogar einen Sonnenstrahl auf der Glatze.

»Scheiße«, wiederholte Mustafa. »Was ist Blues-Harp?«

»Das ist so eine Art Mundharmonika«, erklärte Finn-Ole, und Rifat warf ein: »Der 457. Platz beim Marathon ist aber nicht so toll.«

»Naja … wenn du bedenkst, dass jedes Jahr mehrere zehntausend Läufer am Start sind, ist das gar nicht so schlecht …«

»Aber so gut auch wieder nicht, und außerdem schon ein paar Jahre her!«, beharrte Rifat, und ich war endgültig bedient. Wenn selbst das *Baby* deines Freundeskreises Mitleid mit dir hat, dann weißt du, wie sich ein echtes Problem anfühlt.

Kasim rettete mich, indem er den Finger in eine andere Wunde legte. »Jetzt mal Klartext: Was tun wir, wenn sich Typen anmelden, die wir kennen?«

Und dies war eine Frage, auf die wir zwei Stunden später ohne Antwort auseinandergingen.

Dr. Engels hingegen erklärte wie aus der Pistole geschossen: »Einweihen.«

Fast hätte ich mir an die Stirn getippt.

»Es bleibt dir gar nichts anderes übrig, als mit ihm zu reden«, meinte Dr. Engels. »Ich finde immer: Sieh dem Feind ins Auge und erkenne, wer er ist.«

Ich sagte erst einmal nichts. Es war beileibe nicht so, dass mir der Gedanke nicht schon selbst gekommen war, mehr noch: Ich hatte ihn auch meinen Freunden von der Stirn abgelesen. Aber zwischen Lesen und Vorlesen gibt es schließlich einen Unterschied.

»Was kann denn deiner Meinung nach passieren, wenn du mit Fred redest?«

Es ärgerte mich, dass Dr. Engels *Fred* sagte, als säße dieser bereits mit meinen anderen Familienmitgliedern auf seiner Couch. Dabei hörte er den Namen heute zum ersten Mal.

»Ich habe keine Lust, mit *Herrn Menzel* zu reden«, erklärte ich geradeheraus.

Dabei merkte ich selbst, dass der Spruch uns nur unnötig aufhielt. Von der Dreiviertelstunde mit Dr. Engels waren, nachdem wir meine Gefühle anlässlich der ersten Starke-Nerven-Tour und des Verkaufs unseres Hauses besprochen hatten, nur noch zehn Minuten übrig, und wenn du in Therapie eins lernst, dann dich aufs Wesentliche zu beschränken.

»Hast du überhaupt je mit Herrn Menzel geredet?«, fragte Dr. Engels listig.

Plötzlich fühlte ich mich unsagbar müde. Der Gedanke huschte mir durch den Kopf, dass Dr. Engels womöglich jeden Tag Geschichten wie meine hörte. Dass sie gar nicht ungewöhnlich war. Dass irgendwo eine Lösung steckte, die schon Hunderte Male funktioniert hatte.

»Können Sie mir nicht ausnahmsweise einfach sagen, was ich machen soll?«, fragte ich und hörte meine Stimme zittern.

»Liebe Pia, das habe ich ausnahmsweise gerade getan«, erwiderte mein Therapeut.

Das Mauerstück am Landwehrkanal, auf dem meine Freunde nach der Sitzung mit Dr. Engels normalerweise auf mich warten, war an diesem Nachmittag unbesetzt und ich stand einige Minuten verdutzt am Boule-Platz herum, bevor ich begriff, dass die anderen die heutige Generalprobe ohne mich begonnen hatten. Sie gingen davon aus, dass ich vor der Tour etwas zu erledigen hatte. Und sie gingen davon aus, dass ich es erledigen würde.

Am gegenüberliegenden Ufer waren zwischen den Bäumen Teile des Gerüsts zu erkennen, hinter dem unser Haus verschwand. Arbeiter kraxelten auf dem Dach herum und entfernten Schindeln. Am Abend zuvor hatte die erste Versammlung der Hausbewohner stattgefunden, auf der meine Mutter wie erwartet zur Sprecherin ernannt worden war. Linus hatte angeboten, als Stellvertreter zu fungieren.

»Meine ehemalige Frau und ich haben früher keine Demo ausgelassen«, prahlte er. »Wir wissen, wie Protest geht, das könnt ihr mir glauben!«

Die Erinnerung an alte Zeiten hatte Juliane ein Lächeln ins Gesicht getrieben, und heute Morgen hatte ich eine weitere Weinflasche unter der Spüle entdeckt, die meine Eltern geleert haben mussten, während sie nach der Versammlung den ersten Brief an Frau Weber aufgesetzt hatten. Im Laufe des Abends hatte ich, bevor ich einschlief, durch die angelehnte Küchentür gleich mehrmals Linus' Handy klingeln hören. Es kam mir vor, als hätte er von Mal zu Mal länger gewartet, bevor er Vickys Anruf entgegennahm.

Lass sie zappeln, Papa! Bevor Vicky begriff, dass keine Gefahr für sie bestand, sollte sie sich ruhig ein wenig in die Hosen machen. Nur damit sie auch mal spürte, wie das war.

»Macht es für dich einen Unterschied, dass deine Mutter Herrn Menzel erst kennen gelernt hat, nachdem deine Eltern bereits geschieden waren?«, hatte Dr. Engels gefragt.

Damit wollte er in Wahrheit natürlich nichts anderes sagen als: »Gib Fred eine Chance, er kann nichts dafür.« Nach zweieinhalb Jahren kam ich langsam hinter seine Masche, mir die Dinge in den Mund zu legen.

Doch in der Sache hatte er natürlich recht: Das *war* ein großer Unterschied zwischen Vicky und Fred. Aber musste ich mich deswegen gleich mit ihm verbrüdern? Der Zettel mit seiner Handynummer, die ich heute Morgen heimlich von Julianes Smartphone abgeschrieben hatte, zwickte mir in die Finger wie eine Brennnessel, als ich meine Hand in die Jackentasche steckte. Der Zettel war total zerdrückt, so oft hatte ich ihn zerknüllt und wieder geglättet. Leider waren die Zahlen immer noch gut zu entziffern, so dass mir die Entscheidung zumindest nicht dadurch abgenommen wurde, dass ich eine falsche Nummer wählte.

Ich dachte an die vielen Stunden, die Finn-Ole damit verbracht hatte, unsere Teilnehmer ausfindig zu machen. Ich dachte, dass es nun einzig von mir abhing, *das Problem* loszuwerden. Dass ich die anderen nicht hängen lassen durfte. Dass alle sich auf mich verließen, dass keiner mir helfen konnte – und dass Nesrin trotzdem auf mich hätte warten können!

»Was kann eigentlich passieren, wenn du mit Fred redest«, hatte Dr. Engels gefragt. Ehrlich gesagt, ich hatte schon so eine Ahnung. Aber was blieb mir übrig?

Erst als ich mich auf das Mäuerchen setzte, tief Luft holte und die Nummer eintippte, hatte ich plötzlich eine rettende Idee. Zumindest hätte es eine rettende Idee werden können, wenn ich sie besser vorbereitet hätte.

Fehler A

Ich hatte vorher noch nie geübt, meine Stimme zu verstellen.

Fehler B, C und D

Ich hatte meine Rufnummer nicht unterdrückt.

»Guten Tag, hier ist Neukölln für starke Nerven«, brummte ich nach dem Piep in meiner tiefsten Stimme auf Freds Mailbox. Ich klang etwa so natürlich wie die Sprechkassetten im Bauch von Teddybären. »Wir müssen Ihnen leider mitteilen, dass die morgige Tour ausfällt, und die Tour nächste und übernächste Woche auch. Sollte überhaupt je eine Tour stattfinden, hören Sie von uns. Wir wünschen Ihnen einen schönen Tag.«

Ich drückte das Gespräch weg, saß auf meinem Mäuerchen und sah zu, wie ein Fahrradhelm so langsam den Landwehrkanal hinuntertrieb, als hinge der Besitzer noch unten dran.

Was für eine Blamage! Langsam konnte ich ein Sammelalbum anlegen. Am liebsten hätte ich kehrt gemacht, mich auf Dr. Engels Couch geworfen und die Decke über den Kopf gezogen, die immer am Fußende bereitliegt für den Fall, dass jemand schlapp macht.

Wieso eigentlich?, versuchte ich mir zwar noch einzureden. Selbst wenn Fred mich erkannt hatte, war die Botschaft doch nur umso klarer: *Du bist hier nicht erwünscht.*

Keine zwei Minuten später klingelte mein Handy.

Spuren

Jonas' und meine erste Begegnung mit Fred hatte uns keineswegs so unvorbereitet getroffen wie das verunglückte erste Treffen mit Vicky. Wir wussten von Anfang an, wann und wo Juliane ihn zum ersten Mal gesehen hatte: beim Anstehen für ebenjene Tickets für *Hinterm Horizont*, mit denen sie uns, ihre Kinder, am Abend des 27. September 2014 hatte überraschen wollen.

Die Überraschung hatte sie aufgegeben, um uns auf Fred vorzubereiten, was ich vernünftig fand. Andererseits erwähnte sie ihn bis zum Abend der Aufführung so häufig, dass uns die Haare zu Berge standen, lange bevor wir ihn überhaupt kennengelernt hatten.

»Ein sehr netter Mann hat den Sitzplatz neben uns«, hatte sie sich schon nicht verkneifen können zu bemerken, als sie die Tickets Anfang Juli an unseren Kühlschrank heftete.

»Einen Sitzplatz neben uns allen Dreien gibt es nicht. Du meinst vermutlich den Sitzplatz neben dir?«, fragte Jonas hellsichtig, und seit Julianes ertapptem Lächeln war uns mehr oder weniger klar, was auf uns zukam.

Der 27. September schwebte fast drei Monate über uns. Er war das Datum des Jahres. In den Papa-Wochen traf unsere Mutter sich mit Fred, in den Mama-Wochen arbeitete sie gewissenhaft darauf hin, uns den neuen Mann in ihrem Leben vorzustellen. Sie erzählte uns seine Witze. Sie erzählte von Gulliver, seinem Riesenschnauzer (als hätte sie den tragischen Verlust unseres eigenen Welpen bereits vergessen!). Sie ließ die Bücher, die er ihr für uns empfohlen hatte, in unserer Wohnung herumliegen und spielte jeden Abend seine CDs.

Nur ihn selbst wollte sie uns offenbar nicht vor dem magischen Datum vorstellen.

Im Laufe des Sommers wuchs in mir die Befürchtung, mit Fred stimmte etwas nicht. War er Alkoholiker? Straftäter? Durch schreckliche Narben entstellt? Erst spät traf mich die Erkenntnis, dass es womöglich genau umgekehrt und mit *uns* etwas nicht in Ordnung war. Zwei minderjährige Kinder in Therapie, das ist wahrscheinlich nichts, womit du als Mutter groß angeben kannst.

Freds eigene Kinder, Sohn und Tochter, studierten im Ausland und die Vorstellung, dass Juliane sich unseretwegen schämen könnte, empörte mich. Was erwartete sie eigentlich? Jedes Mal, wenn ich an den Kühlschrank ging, sah ich mich den Musical-Tickets und dem 27. September gegenüber! Juliane konnte dankbar sein, dass ich nicht auch noch Essstörungen entwickelte!

Hinzu kam, dass Linus fortwährend versuchte, uns über Fred auszufragen. Dass wir ihn noch nicht kennengelernt hatten, fand auch er von Woche zu Woche seltsamer. Juliane, meinte er, müsse sich doch langsam mal entscheiden, ob sie etwas von Fred wollte oder nicht, worauf vorübergehend Hoffnung in mir aufkeimte, dass meine Mutter in Zweifel geraten und Fred bis zum 27. September vielleicht bereits Vergangenheit war.

Aber am Abend der Aufführung fiel mir der Mann, der sich eifrig den Hals nach uns verrenkte, in derselben Sekunde auf, als wir den Saal betraten. Ich brauchte nicht einmal Sitzreihen zu zählen, um zu wissen, wo sich unsere Plätze befanden.

»Da seid ihr ja!«, rief der Unbekannte im Aufstehen. »Ihr glaubt ja gar nicht, wie ich mich auf diesen Abend gefreut habe. Hallo Pia, hallo Jonas. Endlich lernen wir uns kennen!«

Ein warmer Händedruck umschloss meine Finger, während mindestens hundert Eindrücke gleichzeitig meinen Kopf bedrängten.

Ist der alt!

Ist der nett!

Tolle Stimme! Lustige Augen! Und so weiter. »Kinder, das ist Fred«, sagte Juliane atemlos.

»N'Abend«, brachte ich heraus.

Jonas sagte nichts und steckte seine Hände in die Hosentaschen. Ich war so verwirrt, dass ich mich für ihn schämte. Ich war dankbar, als die Lichter verloschen und das Stück begann, auch wenn ich von der ersten Hälfte praktisch nichts mitbekam.

Dafür konnte ich, wenn ich den Kopf zur Seite wandte, beobachten, wie meine Mutter und ihr Freund im Dunkeln heimlich Händchen hielten, wie sie die ganze Zeit versuchten, ihr Lächeln zu unterdrücken und einander nicht anzusehen, weil wir dabei waren.

Ihre Anstrengungen setzten sie in der Pause fort, während wir mit Bier und Bionade im Gedränge des Foyers standen. Ich hätte gern mehr Platz zwischen uns gehabt. Ich kam mir vor, als stünden wir selbst auf der Bühne und wären gleichzeitig unser eigenes Publikum.

Juliane warf uns Stichworte hin: Welches Lied uns im Stück am besten gefiel, was wir in den Ferien gemacht hatten (als wäre sie nicht die Hälfte der Zeit dabei gewesen!), welches Schulfach wir besonders mochten (als wüsste sie nicht genau, dass ich *Mathe* antworten musste!). Ich konnte ihr ansehen, wie nervös sie zu Beginn war, und wie sie sich langsam entspannte.

Und plötzlich spürte ich, warum sie so lange gezögert hatte, uns Fred vorzustellen. Meine Mutter hatte ganz sicher sein wollen, dass sie zusammengehörten – vielleicht, damit Jonas und ich keine unnötige Aufregung erlebten, vielleicht aber auch nur, damit wir es ihr nicht mehr verderben konnten.

Am Ende der Pause hatte ich Bauchschmerzen. Meine Mutter sah glücklich aus. Und Jonas? Mein Bruder sagte den ganzen Abend kein Wort. Er hatte überhaupt nichts kapiert! Die Sache war entschieden, ob es uns gefiel oder nicht, und das Einzige, wogegen ich mich überhaupt noch wehren konnte, war, *dass* es mir beinahe schon gefiel.

Mit Fred nicht mehr in Kontakt zu kommen, war seit damals meine beste Strategie gewesen. Bis zu diesem Nachmittag.

»Nie im Leben!«, sagte mein Bruder aus tiefstem Herzen, nachdem ich meine dreiminütige Beichte mit einer knappen Skizze des einzigen Auswegs beendet hatte, der uns aus diesem Schlamassel noch würdevoll herausführen konnte.

Jonas hämmerte auf seine Spielkonsole ein, als wollte er mich jeden Augenblick per Knopfdruck wegbeamen.

»Aber du musst mitkommen! Das kann ich doch nicht ohne dich machen! Das … das geht schließlich uns beide etwas an!«

»Das geht mich überhaupt nichts an! Ihr habt mir ja nicht einmal davon erzählt! Alle sind dabei, alle außer mir, und jetzt soll ich euch helfen?«

»Aber Jonas …«

»Aber Jonas!«, äffte er mich nach, und plötzlich erkannte ich, wie wütend und traurig er war. Als wären wir es gewesen und nicht er selbst, die ihn seit langem von unseren Unternehmungen ausgeschlossen hatten.

»Ich dachte, du wolltest nichts mehr mit uns zu tun haben«, verteidigte ich mich.

»Will ich auch nicht. Kasim ist ein Angeber!«

»Na siehste! *Du* bist abgehauen!«

Jonas stieß seinen Drehstuhl an und wandte sich wieder dem Bildschirm zu, was in der Regel das Signal für den Rest der Familie ist, zu verschwinden.

»Woher sollte ich denn wissen, dass du wieder Lust hattest, bei uns mitzumachen?«, beharrte ich. »Daran, dass du den ganzen Tag vorm Computer hockst?«

»Ich hatte keine Lust, bei euch mitzumachen«, erwiderte Jonas kühl.

Obwohl er mir den Rücken zuwandte, erkannte ich, dass er log. »Und jetzt?«, fragte ich.

Ich merkte, dass es Jonas ziemlich nervös machte, dass ich immer noch da stand. Wahrscheinlich würde er jeden Augenblick »Hau ab, Pia!« knurren.

»Bitte«, kam ich ihm zuvor.

Peng. *Bitte* ist wohl nichts, was Geschwister normalerweise zueinander sagen. Einige Sekunden hing das Wort zwischen uns, und als ich schon anfangen wollte, mich dafür zu genieren, drehte Jonas endlich seinen Stuhl und saß mir wieder gegenüber.

»Wenn wir mit dem Fahrrad fahren, sind wir in weniger als einer Viertelstunde da«, sagte ich.

»Woher weißt du das? Kennst du das Haus etwa?«

»Ach, ich war mal rein zufällig in der Gegend, und da habe ich …«

»Es von außen angeguckt? Ich auch«, gestand mein Bruder.

Das Haus von Fred. Meine Mutter hatte nach der Scheidung eigentlich in Neukölln bleiben wollen, war dann aber der billigeren Mieten wegen nach Treptow gezogen. Inzwischen stand ihre Wohnung die meiste Zeit leer, da sie praktisch bereits bei Fred eingezogen war.

Dessen Haus wiederum liegt am Heckmannufer und damit sogar ein ganzes Stück näher bei uns als Julianes eigene Wohnung. Vom Balkon hast du Ausblick zur Oberschleuse, die die Spree mit dem Landwehrkanal verbindet. Zwei Passagierdampfer lagen in der Kammer. Für die wenigen Gäste, die sich an diesem kühlen Nachmittag aufs Wasser gewagt hatten, hätte ein Schiff locker gereicht.

»Dieses Jahr kommt der Sommer nur schwer in Schwung«, bemerkte Fred, während er uns Saftgläser auf den Balkon brachte.

»Wir haben ja auch noch gar nicht Sommer«, erinnerte ihn Jonas.

»Aber es wird langsam Zeit, findest du nicht?«

Dies waren die ersten Worte, die die beiden je gewechselt hatten. Das Hallo zur Begrüßung hatte Jonas mir überlassen. Außer Hallo hatte ich allerdings auch nichts herausgebracht.

Wenn Fred erstaunt war, dass wir zu zweit auftauchten, ließ er es sich nicht anmerken. »Kommt erst mal rein«, sagte er und tat, als fiele ihm nicht auf, wie wir auf dem Weg durch den Flur versuchten, so viel wie möglich zu sehen, ohne den Blick schweifen zu lassen. Geradeaus das Wohnzimmer mit geöffneter Tür, daneben die Küche, drei weitere Türen fest geschlossen. Bücherregale. Fotos an einer Korkpinnwand. Julianes schwarze Jacke an der Garderobe.

»Möchtet ihr Traubensaft oder lieber Kakao?«

»Was du gerade da hast«, sagte ich höflich.

Im Wohnzimmer klopfte es erwartungsvoll. Gulliver war uralt und ersparte sich, zur Begrüßung aus seinem Korb zu kommen. Als ich neben ihm in die Hocke ging, grunzte er vor Freude und legte eine Pfote auf meinen Arm. Seinem Korb entstieg derselbe gemütliche Schweißfußgeruch, wie ich ihn damals an den Pfoten unseres Welpen hatte schnüffeln können.

Lucky. Wir hatten ihn der Züchterin zurückgegeben und nie nachgefragt, wo er ein neues Zuhause gefunden hatte. Eine Zeitlang hatte ich von ihm geträumt. Angst gehabt, ihm auf der Straße an irgendeiner fremden Leine zu begegnen.

Abgesehen von Gulliver, war das Wohnzimmer auf den ersten Blick nicht bemerkenswert. Ein graues Sofa mit bunten Kissen, Fernseher, Stereoanlage, weitere Bücherregale. Vor dem Fenster ein Schreibtisch, an dem Fred bei unserem Eintreffen offenbar Klassenarbeiten korrigiert hatte.

Erst beim Aufstehen entdeckte ich den roten Korb mit Julianes Strickzeug. Damit hatte sie also wieder angefangen. Komisch, dass sie die Wolle nicht zu uns mitbrachte. War es bei uns nicht gemütlich genug? Oder sollten wir nur nicht mitbekommen, dass sie jetzt für Fred strickte anstatt für uns?

Plötzlich konnte ich vor mir sehen, wie sie und Fred abends auf dem Sofa saßen, ruhig und ungestört. Die Stricknadeln klapperten, im Fernsehen lief ein Film. Vielleicht las er ihr auch etwas vor, Bücher standen schließlich genug herum.

»Vom Balkon könnt ihr zur Schleuse gucken«, bemerkte

Fred und wir verstanden es als Einladung, das Zimmer zu verlassen, wenn wir wollten.

Wir wollten beide. »Tu mir den Gefallen und bring es schnell hinter uns!«, flüsterte Jonas.

Aber nun war ich es, der es die Sprache verschlug. Zu wissen, dass deine Mutter ein Leben ohne dich führt, ist eine Sache – zum ersten Mal mittendrin zu stehen, eine ganz andere.

»Pia und ein paar Freunde haben sich etwas ziemlich Irres ausgedacht«, sagte mein Bruder schließlich zu Fred, nachdem dieser uns den Saft gereicht und sich erwartungsvoll ans Balkongeländer gelehnt hatte. »Sie führen Touristen durch Neukölln und spielen ihnen eine Art Theaterstück vor. Das wilde Neukölln oder so ähnlich.«

Neukölln für starke Nerven, verbesserte ich in Gedanken, aber wie die Tour genau hieß, war nun wohl egal. Verblüfft und dankbar hörte ich zu, wie Jonas mir zur Hilfe kam.

»Unsere Eltern wissen von nichts. Wir sind hier, weil Pia deinen Namen auf der Anmeldeliste entdeckt hat.«

»Verstehe«, sagte Fred. Um seinen Mund zuckte es. »Ihr wollt euch vergewissern, dass ich dicht halte.«

»Das auch. Aber soweit ich verstanden habe, geht es hauptsächlich darum, dich wieder abzumelden«, erwiderte Jonas geradeheraus.

Ich war so verlegen, dass ich im Blumenkasten herumzupulen begann – nur um in den abgesoffenen Hornveilchen eine weitere Spur meiner Mutter zu entdecken. Juliane hatte noch nie Glück mit Blumen. Aus Gründen des Pflanzenschutzes sollte man darüber nachdenken, ihr Baumarktverbot zu erteilen.

»Wie schade«, sagte Fred nach einer kleinen Pause. »Das wilde Neukölln hätte ich gern gesehen! Aber klar, wenn ihr wollt, dürft ihr meinen Namen streichen. Ihr seid schließlich die Veranstalter.«

War das alles? Ich hatte mich auf längere, kraftraubende Diskussionen eingestellt, aber Fred nahm unser Geheimnis so selbstverständlich hin, als wäre es überhaupt nichts Besonderes, dass Neuköllner Kinder in ihrer Freizeit Touristen verschaukelten.

»Ich bin kein Veranstalter«, stellte Jonas richtig. »Ich bin nur wegen meiner Schwester hier, damit du's weißt.«

»Ein feiner Zug von dir«, erwiderte Fred anerkennend. »Ist dir sicher nicht leicht gefallen.«

Jonas zuckte abwehrend mit den Schultern. Ich schätze, das Kompliment hätte mich auch fertig gemacht.

»Wieso hattest du dich eigentlich allein angemeldet?« Nachdem alles geklärt war, fand auch ich endlich meine Sprache wieder. »Juliane hat doch ab zehn Uhr morgens frei.«

»Sie ist immer gern ein paar Stunden allein, wenn sie von euch kommt«, antwortete Fred.

Mir klappte der Mund auf.

»Das heißt nicht, dass sie nicht jede Minute mit euch genießt«, versicherte Fred rasch. »Sie braucht einfach ein Weilchen, um sich danach wieder umzustellen. Samstags fährt sie erst einmal in ihre eigene Wohnung. Manchmal sehen wir uns erst am nächsten Tag.«

»Das verstehe ich nicht. Ihr hängt doch pausenlos am Telefon, wenn sie bei uns ist!«

»Eure Situation ist für niemanden leicht«, erwiderte Fred nur. »Da kann es helfen, das eine oder andere langsamer anzugehen.«

Kling, machte es, als Jonas sein leeres Glas abstellte. »Kann ich mal auf dein Klo?«

Ich sah ihn besorgt an. War ihm schlecht geworden? Ich hätte es verstanden, mir war auch ziemlich komisch zumute von all den persönlichen Bekenntnissen!

Aber wie sich herausstellte, hatte mein Bruder nur kurz die Wohnung inspizieren wollen, während ich noch ein paar Minuten mit Fred auf dem Balkon blieb und meinen Saft austrank.

»Neben dem Wohnzimmer ist ihr Schlafzimmer«, berichtete Jonas auf dem Heimweg. »Da habe ich die Tür aber gleich wieder zugemacht. Im Zimmer daneben ist eine Menge Kram von seinen Kindern abgestellt. Wahrscheinlich schlafen sie dort, wenn sie zu Besuch sind. Die dritte Tür war dann schon das Bad. Keine große Wohnung, würde ich sagen.«

»Nicht groß genug für eine Familie.«

»Nein, auf keinen Fall!«

Die Bänke am Kanalufer in der Nähe des Biergartens waren von einer Gruppe trinkender, grölender Jugendlicher besetzt. Ich blickte auf meine Uhr, während wir im weiten Bogen um sie herumgingen. Der Datumsanzeiger zeigte den 12. Juni, die Zeiger schienen stehen geblieben zu sein. Aber obwohl es sich anders anfühlte, waren wir tatsächlich nicht länger als zwanzig Minuten bei Fred gewesen.

»Im Bad duftet es nach Julianes Parfüm«, bemerkte Jonas.

»Wie denn das? Sie war doch die ganze Woche bei uns. Oder meinst du, sie geht ihn zwischendurch heimlich besuchen?«

»Ich schätze, er versprüht es«, sagte Jonas. »Damit es wenigstens nach ihr riecht, wenn sie nicht da ist.«

Ein voller Erfolg

Mein Vater war unpünktlich, wie immer. Vereinbart ist, dass er uns samstags um neun übernimmt, aber seit *Baby an Bord* wird es meistens elf.

Juliane weiß das genau. Wir wiederum wissen, dass sie jedes Mal tut, als wäre Linus' Verspätung etwas völlig Neues. Julianes kleiner Ausraster gehört zum Papa-Samstag wie das Wechseln der Zahnbürsten und der Bettwäsche.

An diesem Samstag jedoch warteten wir vergebens darauf. Um halb elf schlug Juliane in aller Seelenruhe die Wochenendausgabe der *Berliner Zeitung* auf.

»Pia und ich können allein auf Linus warten«, erklärte Jonas schließlich. »Du darfst ruhig gehen, wenn du willst.«

»Ach, ich habe Zeit«, erwiderte Juliane. »Es ist doch klar, dass sie mit dem Kleinen nicht jede Minute vorausplanen können.«

Jonas und ich tauschten einen verdatterten Blick. Von ihrer ungewohnten Nachsicht ganz abgesehen: Noch nie hatte sie Brüderchen Halbbruder den *Kleinen* genannt.

»Nein, wirklich«, wiederholte Jonas. »Unseretwegen brauchst du nicht zu warten!«

»Du willst mich doch nicht etwa loswerden, Jonas, mein Schatz?«, fragte Juliane mit hochgezogenen Brauen.

In Wahrheit wollten wir genau das. Einen neuen Mitarbeiter in unsere Tour einzubauen, erforderte schließlich Vorbereitung! Wobei ich inständig hoffte, dass Kasim mittlerweile davon wusste. Meinen Bruder hatte ich nämlich angeschwindelt, Kasim sei nicht nur damit einverstanden, dass ich ihn mitbrachte, sondern sogar selbst auf die Idee gekommen.

Nesrin hatte die andere Seite übernommen, nachdem ich ihr gestern Abend von unserer Unterredung mit Fred erzählt hatte. »Ich sage Kasim, Jonas hätte geholfen, Fred loszuwerden, und nun wolle er wissen, ob er uns sonstwie unterstützen kann«, beschloss sie. »Als Regieassistent zum Beispiel. Er könnte als Tourist bei uns mitlaufen und heimlich die ganze Zeit per Handy mit Kasim verbunden sein.«

»Prima Idee! Sag ihm, es sei eine große Schwachstelle gewesen, dass wir letztes Mal nicht direkt mit unserem Regisseur sprechen konnten.«

»War es ja auch«, erinnerte sich meine Freundin und ich erkannte ein kleines rückblickendes Schaudern in ihrer

Stimme, obwohl sie mir eben noch versichert hatte, die Generalprobe sei hervorragend verlaufen.

Ich fühlte mich ziemlich hin- und hergerissen an diesem Morgen. Einerseits fand ich es tröstlich, dass Nesrin insgeheim genauso viel Schiss hatte wie ich. Andererseits war es nicht wirklich beruhigend, als zwei Angsthasen auf die Touristen losgelassen zu werden! Dass Jonas dabei sein würde, hielt ich für eine immer bessere Idee, und langsam machte es mich nervös, nicht zu wissen, was Kasim davon hielt.

Denn so peinlich es gewesen war, Fred besuchen zu müssen: Dass Jonas mitgegangen war, fand ich toll. Mir war gar nicht mehr bewusst gewesen, wie sehr mir mein Bruder gefehlt hatte. Wie ich es vermisst hatte, mit jemandem reden zu können, dem man nichts erklären musste, der genau wusste, was bei uns los war.

Ob es Jonas ebenso ging? Selbst wenn es so war, war ich sicher, dass er es mir nicht sagen würde; dennoch schoss mir plötzlich der Gedanke durch den Kopf: Wenn Kasim mir das mit Jonas kaputt macht, will ich vielleicht auch nichts mehr mit ihm zu tun haben.

Um viertel vor elf hielt ich das Warten keine Sekunde länger aus. »Jonas und ich haben noch etwas vor, Mama. Würde es dir was ausmachen, wenn wir schon gehen?«

Juliane blickte von ihrer Zeitung auf. »Etwas vor?«, wiederholte sie. *Zusammen?*, stand ihr ins Gesicht geschrieben.

»Zusammen«, bestätigte ich.

»Na, wenn das so ist … schön!«, sagte unsere Mutter verdutzt.

Ich gab ihr einen Abschiedskuss. Zum ersten Mal machte es mich verlegen. Ich dachte an ihren Strickkorb in Freds Wohnzimmer, ihren Ausblick vom Balkon. Daran, was wir gestern von ihr erfahren und was wir uns zusammengereimt hatten, und an all die Dinge, die wir nicht von ihr wussten.

»Grüß Fred«, sagte ich probehalber. Hörte, wie sie kurz die Luft anhielt, und ergriff schnellstens die Flucht, damit ich erst außerhalb der Wohnung rot anlief.

Jonas tat, als hätte er nichts gehört. Erst als wir vor Kemals Wohnungstür standen, sagte er: »Bin gespannt, ob er wirklich dicht hält. Direkt versprochen hat er's nicht.«

»Ich schätze«, sagte ich, »wir erfahren es spätestens nächsten Samstag.«

Nesrin zwinkerte mir zu, während sie uns hineinließ. In der Sekunde, bevor sie die Tür hinter uns schloss, glaubte ich, endlich Linus' Schritte im Treppenhaus zu hören, und war ganz froh, dass meine Mutter nicht mehr da sein würde, wenn Jonas und ich von der Tour zurückkamen.

Kasim wartete in seinem Zimmer auf uns, er hielt die

Anmeldeliste in der Hand und verschwendete keine Zeit an eine Begrüßung.

»Ein Dr. Hubert Driss ist von der Warteliste aufgerückt«, waren seine ersten Worte. Ich hatte gar nicht gewusst, dass es eine Warteliste gab!

»Finn-Ole lässt den Namen gerade durchlaufen. Und für nächsten Samstag sind wir auch schon wieder ausgebucht.«

»Nächsten Samstag auch?« Ich fühlte mein Herz sinken. »Können wir nicht mal Urlaub nehmen?«

»Doch nicht gleich nach dem Start! Ich hatte mir allerdings auch schon überlegt, dass wir schnellstens eine Zweitbesetzung brauchen. Nur für den Fall …«

Kasim sagte nicht, was er mit dem *Fall* meinte, aber mir fielen auf Anhieb gleich mehrere Möglichkeiten ein. Pia kneift, Pia dreht durch, Pia fällt in Ohnmacht …

Kasim musterte Jonas prüfend. »Du bist doch bestimmt gut im Auswendiglernen?«

Jonas nickte. Gesagt hatte er noch nichts. Ich versuchte mir meine Freude nicht anmerken zu lassen, dass Kasim meinen Bruder bereits in unsere Planungen einbezog, auch wenn es bis zur Wiederbelebung der Freundschaft zwischen den beiden noch dauern konnte.

Wir machten es uns auf dem Fußboden gemütlich. Minuten später trafen Mustafa, Finn-Ole, Rifat und Braun ein und Nesrins und meine Brüderzusammenführung geriet in die erste Krise.

»Woher wissen wir, ob wir dem da überhaupt trauen können?«, fragte Mustafa mürrisch und Finn-Ole machte ein Gesicht, als wollte er Jonas auf der Stelle durch den Computer jagen.

»*Der da* ist mein Bruder«, sagte ich empört. »Und was heißt hier *überhaupt trauen*? Der halbe Kiez weiß Bescheid.«

»Stimmt«, sagte Kasim. »Diese Woche haben mich fast ein Dutzend Leute angesprochen, ob sie bei uns mitmachen können. Wenn wir wollen, können wir morgen die ersten Bewerbungsgespräche führen. Natürlich«, fügte er großzügig hinzu, »haben Familienmitglieder Vorrang. Betrachte die heutige Tour einfach als deine Bewerbung, Jonas.«

»Heißt das, wir stimmen heute Abend darüber ab?«, beharrte Finn-Ole und in meinem Bauch ballte sich etwas Heißes, Zorniges zusammen. Nicht einmal von Kasim hätte ich heute ein Nein akzeptiert – was glaubte dieser Idiot eigentlich?

Mein Bruder hatte wieder jenen kühlen Gesichtsausdruck angenommen, den ich so gut von ihm kannte, und ich dachte: Wenn das so weitergeht, steht er auf und ist weg.

»Über Jonas brauchen wir nicht abzustimmen«, kam Nesrin mir zu Hilfe. »Wir haben Jonas schon gekannt, da warst du noch jahrelang in deinem blöden Bayern.«

»Franken«, sagte Finn-Ole böse und klappte seinen Laptop, den er gerade hochfahren wollte, wieder zu.

»Keine Abstimmung über Jonas«, erklärte ich, »sonst könnt ihr mich auch streichen.«

Es tat gut, Kasim sagen zu hören: »Dann wäre ja alles geklärt. Jonas, du gehst heute mit Nesrin und Pia und stehst mit mir in Handykontakt.«

Jonas nickte und sagte nichts, was in Anbetracht der gereizten Atmosphäre wohl die beste Art der Zustimmung war.

Doch Finn-Ole hatte noch immer nicht genug. Er stand auf. »Wenn alles geklärt ist«, sagte er beleidigt, »dann kann ich ja wieder gehen.«

Ein, zwei Sekunden stand er in der Mitte des Zimmers, als erwartete er, dass einer von uns ihn anbetteln würde zu bleiben. Vielleicht hoffte er auch nur, dass Mustafa mit ihm kommen würde. Aber Mustafa ignorierte seinen auffordernden Blick. Er hatte den Platz neben seiner Flamme Nesrin erwischt und wäre wohl nicht einmal aufgestanden, wenn Finn-Ole ihm sein Jahrestaschengeld überlassen hätte.

Sekunden später hörten wir die Wohnungstür ins Schloss

fallen. Verdutzt blickten wir uns an. »Was ist denn in den gefahren?«, fragte Nesrin entrüstet.

»Der kriegt sich schon wieder ein«, meinte Kasim. »Und wenn er bis zwei Uhr nicht auftaucht, wird sein Einsatz eben für heute gestrichen. Wir haben genug Programm.«

»Der kann doch jetzt nicht einfach abhauen! Wenn der glaubt, dass wir eine beleidigte Leberwurst gebrauchen können …!«

Es dauerte eine Weile, bis Nesrin sich beruhigt hatte, und über ihrem Wortschwall vergaßen wir völlig, dass mit Finn-Ole die Informationen über unseren zwanzigsten Teilnehmer verschwunden waren. Ich für meinen Teil dachte erst wieder an Dr. Hubert Driss, als der Mann vor uns stand. Und ich dachte noch, dass keine Gefahr von ihm ausgehen konnte, so gut gelaunt, wie er war: ein kleiner, dicker, redseliger Typ mit Brille und einem etwas zu zahnfleischigen Grinsen.

Wie hätte ich auch an Gefahr denken können? Unsere zweite Starke-Nerven-Tour wurde ein ebenso sensationeller Erfolg, wie der Samstag zuvor in einer Pleite geendet hatte. Gleich zu Beginn legten Rifat und Braun einen nahezu oscarverdächtigen Auftritt hin. Das erstickte Knurren und Gurgeln, mit dem sich Braun – unter dem Aufspritzen von reichlich Kirschmarmelade – im Ärmel seines Besitzers verbiss, war zwar kaum zu hören, weil Rifat aus voller

Kehle kreischte. Aber bis er endlich von Nesrin und mir befreit wurde, war unter unseren Touristen eine herrliche kleine Panik ausgebrochen.

Viktor vom Bahnhofskiosk sprintete mit traumhaftem Timing herbei, um erst Rifat, dann Marlies Borutzki aus Köln Erste Hilfe zu leisten, eine Rolle, die wir als *Der Sanitäter* bezeichneten und erstmals in unser Programm eingebaut hatten. Während Viktor Frau Borutzki wiederbelebte, ging Tomeks Messerauftritt zwar ein wenig das Publikum verloren, aber schließlich kam es auf die allgemeine Stimmung an.

Die Touristen gingen die ganze Zeit voll mit und es dauerte diesmal bis fast zum Schluss, bis sie uns durchschaut hatten. Wahrscheinlich war es ein wenig übertrieben, uns nach all den aufreibenden Programmpunkten am Ende auch noch die Einnahmen klauen zu lassen. Aber wie Hatice Nesrin das Geld aus der Hand riss, um – verfolgt von Selim – im allerletzten Augenblick in Herrn Runges Taxi zu springen, war einfach *Stunt.*

Geschickt rollte Selim von der Kühlerhaube und plumpste neben dem davonrasenden Taxi zu Boden. Ich hoffte für ihn, dass er nach den zahlreichen Proben, die die Drei hinter sich hatten, noch eine Körperstelle ohne Prellungen gefunden hatte, auf der er landen konnte.

»Sen-sa-tio-nell!«, schrie Dr. Driss und riss die Arme hoch, worauf sämtliche übrigen Teilnehmer in frenetischen Applaus ausbrachen.

»Schade, dass es schon vorbei ist«, bedauerte Frau Borutzki lautstark, um ihren Schwächeanfall am Kottbusser Tor vergessen zu machen.

Jonas war den ganzen Nachmittag unauffällig zwischen den Leuten mitgelaufen, hatte Kasims Anweisungen per SMS entgegen genommen und sie mir zugeflüstert. Unauffällig zu sein, beherrschte er perfekt, und es waren sowieso nur zwei Mitteilungen gewesen:

Pia ein bisschen lauter!

Super, Tempo beibehalten!

Was ein Regisseur so sagt, damit er sich nicht überflüssig vorkommt, wenn alles läuft.

Die dritte Mitteilung zeigte Jonas mir erst, als wir wieder zu Hause waren, und das war auch das Beste.

Dass alle Mitarbeiter für das Finale aus ihren Verstecken kamen, um sich zu verbeugen, war neu und kam großartig an. Die meisten bekamen noch eigenes Trinkgeld in die Hand gedrückt und Onkel Ömer, vor dessen Laden der Taxi-Überfall stattgefunden hatte, eilte ebenfalls auf die Straße, obwohl er enttäuscht war, dass sein eigener Auftritt nun schon zum zweiten Mal ausgefallen war. Ecki, seinen Partner, hatten wir seit Tagen nicht zu Gesicht bekommen und es war so gut wie beschlossen, ihn durch einen der zahlreichen Bewerber zu ersetzen, die wir nächste Woche casten würden.

»Neukölln für starke Nerven!«, rief Onkel Ömer und verteilte eifrig Handzettel. »Bitte empfehlen Sie uns weiter, meine Herrschaften!«

»Worauf Sie sich verlassen können«, meinte Dr. Driss.

Später, bei der Lagebesprechung, mahnte Herr Runge zwar an, dass bei aller Begeisterung unsere politische Absicht nicht verloren gehen dürfe. Es könne nicht unser Ziel sein, dass die Leute uns entlarvten und sich freuten. Wir hätten ein Anliegen, wir seien doch keine Geisterbahn!

Aber Onkel Ömer entgegnete: »Wir müssen flexibel sein. Wenn die Leute nichts merken, umso besser. Und wenn doch, dann machen wir an dem Tag eben keine Politik, sondern Kunst.«

Auf dem Heimweg fühlte ich mich ganz beschwingt, wie um Jahre zurückversetzt. Ich ging neben Nesrin, Jonas neben Kasim, und ich spürte genau: Das würde der beste Sommer werden, den ich seit langem erlebt hatte!

Die dritte Mitteilung, die Jonas mir im Treppenhaus auf seinem Handy-Display zeigte, lautete: *Der Typ von Pias Mutter schleicht hinter euch her.*

Doch das störte mich jetzt auch nicht mehr, im Gegenteil: Ich war umso zufriedener, weil wir uns vor Fred nicht blamiert hatten.

»Und du? Hat es dir auch Spaß gemacht?«, fragte ich meinen Bruder herausfordernd.

Er grinste. »Ihr habt echt einen Knall«, sagte er nur.

Mehr Anerkennung konnte ich fürs Erste nun wirklich nicht erwarten.

In der Falle

Früh am Montagmorgen, lange vor dem Eintreffen des Postboten, erhielten wir Frau Webers Antwort auf das Protestschreiben der Hausbewohner. Ohne Vorwarnung erfüllte Dröhnen und Gebrüll die Luft und ein unsichtbarer Riese rüttelte mein Bett, als wäre ein Flugzeug dabei, in unser Haus zu krachen. Ich hörte mein eigenes Kreischen, als ich aus dem Zimmer floh.

Im Flur stand Linus im Schlafanzug und schrie in den Telefonhörer etwas von Polizei und Hausfriedensbruch. »Mir scheißegal, dass das eine Baustelle ist! Es ist gerade mal sechs Uhr und ich hatte Spätschicht!«

Mit einiger Verzögerung kam auch Jonas aus seinem Zimmer getappt. Sein Haar stand in alle Himmelsrichtungen vom Kopf ab, als gehörte er neuerdings zur Familie von Herrn Schnuck. »Also, ein Erdbeben ist es jedenfalls nicht«, bemerkte er verschlafen.

Ich riss die Wohnungstür auf, aber im Treppenhaus war

es auch nicht leiser. Dafür konntest du herbeieilende Nachbarn in unterschiedlichsten, ungewohnten Aufmachungen besichtigen: Nesrins Mutter ohne Kopftuch mit einer Flut dunkler Locken, Nesrins Vater im wallenden Nachthemd. Frau Schlucht aus dem Vierten trug Lockenwickler, Oma Pippig einen einzigen, erst halb aufgerollten Stützstrumpf. Das Highlight war Frau Gries im Shorty.

Sie und wir alle strebten ins Dachgeschoss, einem dicken Stromkabel folgend, das von oben die Treppe entlang bis zur Steckdose in der dritten Etage lief. Das Kabel lief unter der angelehnten Stahltür hindurch, an der noch das Schild mit den Brandschutzverordnungen aus dem Zweiten Weltkrieg hängt; dahinter spielten sich Geräusche ab, als würde gerade das Dach abgerissen. Was, wie sich herausstellte, stimmte.

Wir drängten durch die Tür – Nesrin und Kasim hatten inzwischen zu Jonas und mir in die vorderste Reihe aufgeschlossen. Vor einem großen Loch in unserem Dach hielten Außerirdische erschrocken inne. Sie trugen schwarze Helme und Masken, die aussahen, als hätten sie sie aus einem *Star Wars*-Museum geklaut. Einer hielt wie ein Lichtschwert eine Art Presslufthammer, an dem das Stromkabel aus dem Treppenhaus hing.

Der Lärm ließ ein wenig nach, während die Männer uns anstarrten. Dann richtete der mit dem Hammer diesen wieder auf unser armes Dach und führte sein Zerstörungswerk fort, als wollte er beweisen, dass ihn unser Auftritt überhaupt nicht beeindruckte.

Im nächsten Augenblick wurde es schlagartig still. Jemand begann unter seiner Maske in einer mir fremden Sprache zu schimpfen, ein anderer fiel ein und gestikulierte wild zu uns hinüber, dabei hatten wir gar nichts anderes getan als geglotzt.

»Ruhe oder ich rufe die Polizei!«, schrie Oma Pippig beherzt.

»Strom wieder an!«, brüllte der Hammermann und tat einen drohenden Schritt auf uns zu.

Ich selbst sprang vor Schreck in die Luft, als das Kabel zu meinen Füßen sich plötzlich wie eine Schlange wand und in die Luft peitschte.

»Vorsicht, Pia!« Linus riss mich zur Seite.

Aber das Stromkabel hatte sich nicht etwa selbständig gemacht. An seinem anderen Ende, dem Ende mit dem Stecker, hing eine Gestalt im langen schwarzen Kapuzenmantel.

Ich traute meinen Augen nicht. Mein ganzes Leben wohnte ich in unserem Haus und dies war erst meine dritte Nahbegegnung mit Herrn Schnuck. Mit großen Schritten enterte er den Dachboden und schleuderte das Kabel vor sich her wie eine Peitsche.

Für die meisten Erwachsenen gibt es nichts Unheimlicheres, als auf verwahrloste, betrunkene, verrückte oder sonstwie unberechenbare Menschen zu treffen. »Bleiben wo sind!«, schrie der Hammermann und wich zurück, während sich das Kabel zuckend um seine Füße wand.

»Schnauze!«, antwortete Herr Schnuck, warf dem Mann als Letztes das Kabelende hin und verschwand ebenso grußlos, wie er gekommen war.

Die Arbeiter berieten sich hektisch und begannen zu telefonieren. Oma Pippig pantoffelte los, um die Steckdose im dritten Stock zu blockieren. Beide Seiten standen einander gegenüber und drohten mit der Polizei, bis Nesrins Mutter ihren Mann in die Seite stieß und ihn erinnerte: »Habibi – du *bist* die Polizei!«

Herr Kemal knetete seinen Bart. Widerstreitende Gefühle spiegelten sich in seinem Gesicht. Dann erklärte er: »Ich bin nicht im Dienst«, und eilte nach unten, um Oma Pippig vor der Steckdose zu unterstützen.

Wir Kinder hielten uns lieber im Hintergrund, damit möglichst niemandem auffiel, dass wir auch noch da waren, obwohl es ein Schulmorgen war.

Wenig später erschien ein fremder Dicker und herrschte nicht uns, sondern die Arbeiter in einer Sprache an, die die Erwachsenen als Russisch identifizierten. Die Ersten von ihnen hatten die Wartezeit inzwischen genutzt, um in ihre

Wohnungen zurückzukehren und sich anzuziehen, damit sie einen ernster zu nehmenden Eindruck machten. Mein Vater war nicht darunter. Dass er dem Dicken nun im karierten Pyjama gegenübertreten musste, war aber letztlich auch egal, denn der Dicke war nur ein Subunternehmer – ein Wort, das ich zum ersten Mal hörte und das bedeutete, dass der Mann keine Ahnung hatte, was die Baugenehmigung und unseren Protest betraf. Er kannte nicht einmal Frau Weber. Der Dicke war lediglich der Chef der Hammermänner, die auch keine Ahnung hatten.

Im Gegensatz zu ihnen besaß er jedoch die Telefonnummer des nächsten Teilnehmers in der Kette, die sich – wovon wiederum wir nichts geahnt hatten – bereits um unser Haus gelegt hatte. Und so lernten wir an diesem Morgen neben Herrn Viktor Lukschy noch Herrn Friedemann Wolter und Herrn Dietmar Kern kennen, bevor kurz nach halb zehn die Frau eintraf, von der alle Herren den ganzen Morgen über als *die Chefin* geredet hatten.

»Was ist hier los?«, schmetterte Frau Weber.

Sie musste sich ihren Weg zwischen Kaffeekannen und Körbchen mit Sesamkringeln bahnen, mit denen Frau Kemal und Frau Gries unsere Versorgung übernommen hatten. An der Stelle, wo das Dach bereits durchbrochen war, um Platz für die künftige Terrasse von *C. G. Weber Home Development* zu schaffen, hatten es sich die Arbeiter bequem gemacht, rauchten und teilten mit Herrn Lukschy ihre mitgebrachten Stullen und Gürkchen. Über ihnen schimmerte blauer Sommerhimmel.

Nesrin und ich zogen uns bei Frau Webers Auftauchen instinktiv in den hintersten, dunkelsten Bereich des Dachbodens zurück. Was, wie wir leider zu spät erkannten, ein schwerer Fehler war – denn wie in aller Welt sollten wir von hier aus ungesehen verschwinden?

»Zur anderen Seite rüber?«, flüsterte Nesrin leicht panisch.

»Warte! Vielleicht fangen sie wieder an zu streiten, dann achtet niemand auf uns!«

Wir spitzten die Ohren. Herr Wolter und Herr Kern, die wegen ihrer durcheinander gebrachten Termine seit einer Stunde pausenlos auf mehreren Handys telefoniert hatten, teilten Frau Weber gerade mit, die Bewohner hätten den Dachboden besetzt und blockierten den Fortgang der Arbeiten.

Frau Weber griff in ihre Handtasche, riss ein Blatt Papier heraus und entfaltete es, indem sie es einmal kurz durch die Luft fetzte.

»Na schön«, schnarrte sie. »Wer von Ihnen ist Frau Metternich?«

»Ich bin Herr Metternich«, erwiderte Linus tapfer und trat einen Schritt vor.

Meiner eigenen misslichen Lage zum Trotz: Nun wünschte ich doch, mein Vater hätte die lange Wartezeit genutzt, um seinen doofen Pyjama loszuwerden. Unter Frau Webers kalter Musterung wirkte er ziemlich lächerlich, und das mit anzusehen ist nichts, was dich als Kind deiner Eltern besonders glücklich macht.

Linus stand mit der kleinen Schar der Hausbewohner in seinem Rücken, als wollte er vorsingen. »Solange Sie die Hausbewohner nicht offiziell in Kenntnis gesetzt haben, dürfen Sie nicht anfangen zu bauen«, behauptete er.

»Wer hat Ihnen denn das erzählt?«, erwiderte Frau Weber kühl. »Natürlich darf ich bauen.« Sie schleuderte ein weiteres Blatt durch die Luft und hielt es meinem Vater unter die Nase. »Hier ist die Genehmigung. Daran ist nichts zu rütteln. Und Sie alle befinden sich auf meinem Grund und Boden, den ich Sie hiermit auffordere, unverzüglich zu verlassen.«

»Ihr Grund und Boden?«, protestierte Frau Gries. »Ich wohne seit siebenundzwanzig Jahren hier!«

»Aber nicht auf dem Dachboden«, schoss Frau Weber zurück. »Der Dachboden ist nicht Gegenstand Ihrer Mietverträge, meine Herrschaften. Werfen Sie bei Gelegenheit einfach mal einen Blick hinein und überzeugen Sie sich. Aber nun husch-husch, wenn ich bitten darf!«

Husch-husch war genau das, wozu Nesrin und ich gerade angesetzt hatten, doch wir kamen gerade mal drei Meter bis zur nächsten Deckung.

»Augenblick mal«, rief Linus. »So können Sie nicht mit uns reden!«

»Da haben Sie recht. Ich werde nämlich überhaupt nicht mehr reden. Ich zähle jetzt bis zehn, und dann sind Sie von meinem Dachboden verschwunden. Jede weitere Verzögerung der Arbeiten wird denjenigen in Rechnung gestellt, die bei Zehn noch hier oben sind! Eins ...«

Und während die Hausbewohner unter den Schlangenaugen von Frau Weber grüppchenweise den Dachboden verließen, wurde Nesrin und mir endgültig klar, dass wir in der Falle saßen.

Schon bei Zwei verschwanden Herr und Frau Schlucht unter dem gemurmelten Vorwand, sie müssten jetzt wirklich zur Arbeit.

Bei Vier begannen Frau Kemal und Frau Gries, unser Frühstück zusammenzupacken.

Nach der Fünf unterbrach sich Frau Weber selbst und erklärte zufrieden: »Aha! Da kommt ja endlich auch mein Herr Rechtsanwalt.«

»Sorry, Frau Weber, war im Gericht«, entschuldigte sich dieser außer Atem.

»Das interessiert mich nicht. Wenn ich Sie brauche, haben Sie da zu sein!«, putzte Frau Weber ihn herunter.

Nach diesem Wortwechsel standen Nesrin und ich zwischenzeitlich etwas unter Schock, sodass wir später nicht sagen konnten, ob Frau Weber Sechs, Sieben und Acht überhaupt genannt oder alle drei einfach weggelassen hatte, um den Rhythmus ihres Zählens nicht zu unterbrechen. Als Linus' Ruf die letzten zusammenhängenden Reste meines Reaktionsvermögens weckte – »Pia, wo steckst du? Du kommst augenblicklich mit!« – waren wir bereits bei Neun.

»Ja, wo ist eigentlich Nesrin?«, fiel Frau Kemal von der Tür aus ein.

Wenn mir bei den letzten Bundesjugendspielen ein solcher Start gelungen wäre, hätte es bestimmt endlich mal für eine Urkunde gereicht. Pfeilschnell schossen Nesrin und ich aus unserer Deckung und rannten gebückt die Dachschräge entlang auf den Ausgang zu. In der Sekunde, in der Frau Weber »Zehn!« schmetterte, waren wir an der Tür.

Leider reichte es nicht ganz.

»Ach nee!«, rief Dr. Driss. »Da sind ja unsere kleinen Stadtführerinnen! So eine nette Überraschung, nicht wahr, Frau Weber?«

»Das kann man wohl sagen«, schnarrte es in unserem Rücken.

Das Sich-Umwenden zum Feind im Moment der Niederlage könnte eine Art Reflex sein, gegen den du dich nicht wehren kannst. Es war wirklich nicht so, dass eine von uns das tiefere Bedürfnis verspürt hätte, Frau Weber und ihrem Anwalt Dr. Driss auch noch ins feixende Gesicht zu sehen.

Aber die einzige Alternative wäre gewesen, in die Gegenrichtung zu blicken, wo die Gesichter unserer Eltern äußerste Überraschung widerspiegelten.

Juliane war ganz schön geladen, als sie am Nachmittag eintraf. Niemand hatte daran gedacht, sie über Frau Webers Auftauchen zu informieren, dabei war sie die gewählte Mietersprecherin! Dass Linus uns in ihren Augen nicht angemessen vertreten haben konnte, war ihr anzumerken, das musste sie nicht einmal aussprechen.

Mein Vater wiederum nahm kein Blatt vor den Mund, um ihr klar zu machen, dass sie eine eingebildete Kuh sei.

Und ich? Ich stellte fest, dass das Streiten geschiedener Eltern keinen Deut besser ist als das Große Brüllen, während sie noch zusammen waren. Das überraschte mich, ich hätte dem Aspekt *Hoffnung*, der mit der Scheidung doch glücklich entfallen war, mehr Bedeutung beigemessen. Aber der Streit in unserer Küche war genauso schrecklich wie früher.

Als ich aufstehen und zu Nesrin flüchten wollte, packte mein Vater mich am Arm. »Du bleibst hier! Das Schönste weiß deine Mutter nämlich noch gar nicht. Dazu hätte sie euch nämlich beaufsichtigen müssen, anstatt mit ihrem Lover zu telefonieren.«

»Wovon sprichst du Idiot?«, fauchte Juliane ihn an.

»Davon, dass du null Ahnung hast, was unsere Kinder treiben, während du anderweitig beschäftigt bist«, sagte Linus triumphierend. »Ja, da guckst du. Wir können von Glück reden, dass die Sache noch einmal gutgegangen ist!«

Wenn ich je Kinder habe, will ich eins niemals tun: in ihrem Beisein lügen. Ich will sie nie zu Komplizen machen, nur damit ich selbst am Ende gut dastehe. Ich hoffe, ich erinnere mich noch daran, wenn's soweit ist, und vergesse nicht, wie enttäuscht und schlichtweg beschissen du dich fühlst, wenn dir als Kind so etwas passiert. Weil es dir die Sprache verschlägt, weil du feige bist, weil du sofort alles richtig stellen müsstest und es nicht fertig bringst.

Es war nicht ich, sondern Jonas, der sich wehrte. »Die Stadtführungen laufen schon die dritte Woche. Du hast selbst nichts gemerkt, Papa«, sagte er kühl.

Linus machte ein verkniffenes Gesicht und erwiderte: »Danke, dass du mir in den Rücken fällst, Sohn.«

»Kann mir endlich einer sagen, was los ist?«, rief Juliane.

Später, als ich zu Nesrin hinunterging, um ihr und Kasim schonend beizubringen, dass sie andere Reiseleiter finden mussten, dass Jonas und ich raus waren, dass wir ab sofort eine Überwachungs-App auf unseren Handys hatten, damit unsere Eltern jederzeit abrufen konnten, wo wir waren, war ich endgültig überzeugt, dass Erwachsene keine Ahnung von uns haben. An irgendeiner Stelle im Leben wird unsere gemeinsame Sprache gelöscht, und das Allertraurigste ist, dass die meisten von ihnen es nicht einmal zu merken scheinen.

Die vermutlich einzigen Ausnahmen nennen sich Kinderpsychologen, aber die nützen dir am Ende auch weniger, als ich dachte. Mal ehrlich: Wenn dir ab Montag die Dinge um die Ohren fliegen und du darfst Freitagnachmittag eine Dreiviertelstunde darüber reden, könnte es einfach schon zu spät sein. Hat daran schon mal jemand gedacht?

Camping

Da wir Papa-Woche hatten, hielten wir länger durch. Am Dienstag, nur einen Tag nach dem Auftauchen der Hammermänner, kamen die Blaumänner: Gestalten in blauen Latzhosen, die den Putz im Treppenhaus abschlugen und neue elektrische Leitungen verlegten. Ab sofort, so stand es auf dem knallroten Blatt Papier, das neben den Briefkästen klebte. würden wir nur noch wenige Stunden am Tag Strom haben. Es grüßte *C. G. Weber Home Development*.

Daraufhin passten die meisten Nachbarn kurzerhand ihre Koch- und Waschzeiten an und luden sich bei Freunden und Verwandten zum Fernsehgucken ein. Mein Vater hingegen fuhr nach Steglitz in den Outdoor-Shop. Er besorgte Taschenlampen und einen Campingkocher und Jonas und ich machten ziemlich dumme Gesichter, als wir an unserem ersten Abend ohne Strom ins Wohnzimmer traten. Auf dem Fußboden lag eine Decke, auf der Linus Plastikgeschirr und Teelichter verteilt hatte. Er selbst kniete strahlend an seinem Platz. »Schade, dass es regnet, sonst hätten wir im Böcklerpark picknicken können!«

»Papa«, erwiderte mein Bruder entgeistert, »warum essen wir denn nicht einfach am Küchentisch? Es ist doch nur der Strom, der weg ist.«

Linus blickte Jonas an, als sei dieser nicht ganz gescheit. »In solchen Situationen muss man improvisieren! Ihr armen, wohlstandsverwahrlosten Kinder wisst das heutzutage gar nicht mehr!«

Ich war tatsächlich nicht sicher, was *improvisieren* bedeutete, aber das Picknick auf dem Wohnzimmerfußboden erwischte uns unvorbereitet, da hatte Linus recht.

Ich beugte mich vor. »Sind das Noten neben den Tellern?«, fragte ich geschockt.

»Liedblätter«, freute sich Linus und zog mit großer Geste seine abgeschabte Gitarre hinter dem Fernsehsessel hervor.

Jonas und ich sahen uns stumm an.

»Kommt schon«, sagte Linus kumpelhaft. »Ihr seid doch nicht etwa immer noch sauer wegen der Sache mit der Stadtführung? Wenn ihr ernsthaft erwartet hättet, dass eure Mutter und ich so einen Blödsinn erlauben, hättet ihr gefragt. Also Schwamm drüber, steht nicht so dumm herum und setzt euch. Wir steigen ein mit *Always Look at the Bright Side of Life.*«

Was blieb uns übrig? Wir hockten uns auf die äußeren Zipfel der Picknickdecke, jeder bekam seine neue Taschenlampe in die Hand gedrückt, und schon klampfte Linus los. Zum Glück sang er so laut, dass unser Brummen erst kaum zu hören war und es ihm schließlich nicht einmal aufzufallen schien, dass wir ganz aufgehört hatten, mitzusingen.

Ich bin wirklich zu Opfern bereit, um die allgemeine Stimmung zu unterstützen. Aber was zu viel ist, ist einfach zu viel.

Nach den ersten vier Liedern durften wir, Dosensuppe von Plastiktellern löffelnd, zuhören, wie Linus von vergangenen Campingurlauben mit Juliane schwärmte: Urlauben in einer Zeit, in der meine Mutter »noch völlig anders drauf gewesen« sei. Bestimmt könnten wir Kinder uns nicht vorstellen, wie locker sie früher gewesen sei, aber er, er wisse es noch genau, und ob wir es glaubten oder nicht: Er vermisse die Frau, in die er sich einmal verliebt hatte.

»Besonders«, sagte Linus wehmütig, »an Abenden wie diesem. Vicky will immer bloß all-inclusive nach Teneriffa.«

Ich war froh, dass mein Gesicht im Halbdunkeln nicht zu sehen war. Das Letzte, was ich hören wollte, war der Name von Vicky! Jonas wusste auch nichts zu sagen. Schließlich raschelte Linus in seinen Liedblättern, suchte eine Weile und entschied sich für *Über den Wolken.*

Für nach dem Essen hatte er sich ebenfalls Programm überlegt: Versteckspiel mit Taschenlampen. »Nee, oder?«, protestierte Jonas. »Wir sind doch keine Babys mehr, Papa.«

»Geht vorher aufs Klo, damit ihr euch nicht in die Hosen macht«, meinte unser Vater ungerührt und leuchtete sein Gesicht von unten mit der Taschenlampe an.

Minuten später ahnte ich, wovon ich die nächsten Nächte träumen würde. Hinter dem Sofa zu hocken, während das Licht einer Taschenlampe durch die Dunkelheit zuckt, kann dir wirklich auf die Blase gehen. Da hilft es auch nichts, dir zu sagen, dass es dein eigener Vater ist, der die schrecklichen, röchelnden Geräusche von sich gibt, oder dass dein Bruder überhaupt keinen nachvollziehbaren Grund hat, bei seiner Gefangennahme dermaßen zu kreischen.

Ich war ganz froh, als Linus »Stopp« rufen und Jonas verarzten musste, der beim Abhauen mit voller Wucht gegen den Wohnzimmerschrank geknallt war.

Das mit dem Strom fanden wir auch sonst nicht schlimm. Erstens war es Sommer und draußen sowieso lange hell, zweitens hatte mein Vater die Idee, all unsere Lampen auf »An« zu stellen, damit wir gleich sehen konnten, wenn es wieder Strom gab, um zum Beispiel unsere Handys aufzuladen. Und drittens war der Verlust von Strom die beste

Methode, um meinen Bruder wenigstens für ein paar Stunden vom PC wegzukriegen.

So könnte es weitergehen. Ich weiß noch genau, dass ich das an diesem Abend dachte, als wir zu dritt noch bei Kerzenlicht *Uno* spielten, Jonas mit einem dicken Pflaster auf der Stirn.

Am Mittwochmorgen begannen die Arbeiten am Außenaufzug. Weitere Arbeiter rückten an und als wir nach der Schule über Schutt und Geröll durchs Treppenhaus nach oben stiefelten, trennten uns nur noch Absperrbänder von der Birke im Hinterhof. Es war unglaublich, wie schnell alles ging: Morgens verlässt du dein Zuhause, nachmittags erkennst du es kaum wieder. Vom Dach bis zum Keller hörten wir unser armes altes Haus zerkrachen.

»Schreib uns eine Entschuldigung«, verlangte Jonas von Linus. »Kein Mensch kann bei diesem Radau Hausaufgaben machen!«

»Ihr habt es ja nicht einmal versucht«, brüllte Linus, um den Lärm zu übertönen.

Na schön, dachte ich und setzte meine Kopfhörer auf. Bei Musik kann ich – im Gegensatz zu meinem Bruder – sogar besser arbeiten, als wenn es um mich herum ganz still ist.

Heute allerdings untermalte die Musik in meinem Kopfhörer nur das traurige Bild, das ich vorhin an Kemals Wohnungstür hatte mit ansehen müssen, ein Bild, das nichts mit den Bauarbeiten zu tun hatte: eine kleine Warteschlange von Nachbarn und Bekannten, die sich um Rollen bei *Neukölln für Starke Nerven* bewarben. Das Casting hatte begonnen, ohne uns, und ich konnte nicht aufhören, mich zu fragen, wer Jonas und mich am nächsten Samstag ersetzen würde. Was wir verpassen würden, und warum Nesrins Eltern so viel cooler waren als unsere.

Herr Kemal und seine Frau hatten nur schallend gelacht, als sie von unserer Tour erfahren hatten. Nesrins Vater hatte sogar versucht, Linus umzustimmen.

»Was kann denn schon passieren?«, meinte er. »Es sind Erwachsene dabei. Es ist überhaupt nicht gefährlich! Es ist eine witzige Idee, und viel sinnvoller als den ganzen Tag vor dem Computer zu hocken wie euer Jonas.«

»Es geht nicht darum, wie gefährlich es ist«, versetzte Linus. »Es geht darum, dass die Kinder uns hintergangen haben.«

Er fühlte sich derart im Recht, dass er Herrn Kemal nicht einmal in die Wohnung bat. »Meine Exfrau und ich müssen uns auf die beiden verlassen können, wir müssen wissen, was sie tun«, erklärte er dramatisch. »Unser ganzes gemeinsames Sorgerecht beruht darauf, verstehen Sie? Fehler können wir uns nicht erlauben. Ich brauche Ihnen wohl nicht zu erklären, dass unsere Situation eine andere ist als Ihre, Herr Kemal.«

Nein, das brauchte er wirklich niemandem im Haus zu erklären. Als Nesrins Vater sich verabschiedete, hob er enttäuscht die Schultern in meine Richtung, als wolle er mir zu verstehen geben, dass er alles versucht hatte.

Ich rechnete es ihm hoch an. Es war nicht das erste Mal, dass ich Nesrin um ihre Eltern beneidete, und gerade wollte ich beginnen, mich in die Ungerechtigkeit hineinzusteigern, dass unsere Situation *anders* war – als sich direkt vor mir ein riesiger Schatten vom Dach stürzte.

Ich fand mich auf dem Fußboden neben meinem umgekippten Stuhl wieder. Meine Atmung musste für eine unbekannte Zeit ausgesetzt haben, aber der Schatten vor dem Fenster war immer noch da. Unsere Außenfassade zierte ab sofort ein Plakat mit der Aufschrift: *C. G. Weber Home Development – Berlin wird anders, als Sie denken.* Sämtliche *Wir bleiben hier*-Betttücher, die an den Häusern der Nachbarschaft hingen, wären zusammengesetzt nicht so groß gewesen wie Frau Webers Plakat.

»In dieser Straße lässt sich gut beobachten, wie die Auseinandersetzung zwischen Altmietern und Investoren eskaliert«, quakte es schon Stunden später aus dem Lautsprecher der *Spreeperle* und man musste es dem Kollegen Reiseführer lassen: Diesmal hatte er sein Drehbuch angepasst.

»Die Frau will uns rausekeln!« Wieder stand Herr Kemal vor unserer Tür, und diesmal lachte er kein bisschen mehr. »Zermürbung durch Lärm und Dreck, genau wie man es immer in der Zeitung liest. Jetzt geht es also los, Herr Metternich! Ich habe eben nochmal bei der *Abendschau* angerufen.«

»Ach, die kommen doch sowieso nicht!«, schrie Linus zurück und hielt sich die Ohren zu.

Eine Stunde später turnte ein Filmteam im Hausflur herum, machte Soundchecks und baute Scheinwerfer auf, während Anni Dunkelmann Autogramme gab und mit den Bewohnern plauderte. Mir war klar, dass sie dabei bereits ihre Interviewpartner castete, und den meisten Erwachsenen war das auch klar, vor allem Frau Gries, dem Ehepaar Schlucht und meinem Vater, weshalb sie alles daransetzten, sich besonders gewählt auszudrücken und einen guten Eindruck zu machen.

Ich konnte gut verstehen, dass Anni Dunkelmann am Ende Herrn Kemal und Oma Pippig auswählte, die sich ganz wie immer benommen hatten. Wir übrigen Hausbewohner lehnten während der Interviews am Treppengeländer, machten Fotos und verständigten per WhatsApp Freunde, Kollegen und Schulkameraden. Wir kamen ins Fernsehen! Das allein war doch die paar Unannehmlichkeiten im Flur wert.

»Man kriegt ja eine Menge zu sehen«, sagte Anni Dunkelmann in ihr Mikrofon und guckte kopfschüttelnd über das rotweiße Flatterband in den Abgrund des Hinterhofs. »Von zugemauerten Fenstern über Störenfriede, die in den Häusern einquartiert werden, um die Bewohner zu terrorisieren. Aber was die Besitzerin dieses Neuköllner Altbaus ihren armen Mietern zumutet, ist ja geradezu lebensgefährlich!«

»Binnen vier Tagen und ohne Vorwarnung«, betonte Herr Kemal, und Anni Dunkelmann machte ihr Mikro aus und meinte: »Krass.«

Aber bis Freitag, als auch noch das Wasser abgestellt wurde, hatten wir unseren Bericht im Fernsehen noch nicht gefunden – und dies nicht nur, weil wir zur Abendschauzeit keinen Strom gehabt hatten. Wir alle hatten berlinweit Freunde und Bekannte befragt, und die hatten auch nichts über uns gesehen.

Am späten Freitagabend trafen Nesrin und ich uns mit unseren Kulturbeuteln vor den Klocontainern im Hinterhof und meine Freundin warnte: »Ab morgen ist deine Mutter dran. Ich schätze, das hier wird ihr nicht gefallen.«

Ich sah mich um. Nicht, dass ich nicht sofort wusste, was Nesrin meinte, aber den Anblick musste ich selbst noch sacken lassen. Zwei Dusch- und Toilettencontainer hatte Frau Weber an diesem Morgen dort aufstellen lassen, wo bisher unsere Fahrradständer gewesen waren, und vor diesen *Sanitäranlagen* würde sich die Nachbarschaft für mindestens drei Wochen ein Stelldichein geben.

Ich bin eine Freundin von Abwechslung. Ich fand die Container spannend, und auch die Vorstellung, wie die Nachbarn morgen früh in Bademantel und Pantoffeln zum Duschen anrücken würden. Aber zwei Container, jeweils einer für Damen und für Herren, waren nicht gerade großzügig bemessen für die Bewohner eines großen Mehrfamilienhauses, und den ganzen Tag über hatte immer schon irgendjemand vor der Tür angestanden, wenn du aufs Klo wolltest.

Das hatte meine Freude bereits ein wenig getrübt. Wenn du für jedes Geschäft aus dem dritten Stock nach unten musst, wartest du nämlich sowieso bis zum letzten Moment. Da stehst du dann und trittst von einem Fuß auf den anderen und keiner lässt dich vor.

Herr Kemal war einmal um die Container herumgegangen und hatte bloß ein Wort gesagt: »Nein!« Dann war er nach oben in die Wohnung gerannt, und eine Viertelstunde später kam die ganze Familie im Schlafanzug in den Hinterhof, obwohl es erst Nachmittag war.

Gebannt hing die Nachbarschaft aus ihren rückwärtigen Fenstern und sah zu, wie Herr Kemal seine Frau, Nesrin und Kasim vor den Containern aufstellte. Aus Solidarität waren auch mehrere Onkel und Tanten gekommen, obwohl sie gar nicht in unserem Haus wohnen. Sie zupften an ihren Nachthemden, kicherten und stießen sich gegenseitig an.

Nur Kasim schäumte, das war selbst von oben zu erkennen. »Ich will auf kein Scheiß-Foto! Das ist ein Verstoß gegen mein Persönlichkeitsrecht!«, zeterte er.

Sein Vater schubste ihn zurück in die Reihe. Dem folgenden türkischen Wortschwall entnahmen wir das Wort *Abendschau* und schlossen daraus, dass Herr Kemal die neuen Fotos einschicken wollte, um Anni Dunkelmann noch einmal Druck zu machen.

Danach hatten sich alle Beteiligten wieder angezogen. Jetzt, am Abend, trug Nesrin wie ich normale Klamotten, wir wollten uns schließlich nur die Zähne putzen.

Ich war heilfroh, dass meine Freundin wieder mit mir redete. Im Gegensatz zu Kasim hatte sie schnell eingesehen, dass Jonas und ich nichts dafür konnten, dass wir die Starke-Nerven-Tour aufgeben mussten; sie hatte sogar hoch und heilig versprochen, mich auf dem Laufenden zu halten. »Genauso, als gehörtest du immer noch dazu«, versicherte sie.

Trotzdem wurmte und beschäftigte mich bereits die allererste Neuigkeit, die ich von ihr erfahren hatte: Ausgerechnet Finn-Ole sprang für mich ein. Dieser Streber hatte nur einen Tag gebraucht, um meinen Text auswendig zu lernen, und seit ich davon wusste, dachte ich pausenlos daran, wie sie alle morgen ohne mich losziehen würden.

Nein, ich gehörte nicht mehr dazu, das spürte ich deutlich. Nur was das bedeutete, konnte ich noch nicht vorhersehen. Ich wusste nur eins: Andere beste Freunde hatte ich nicht.

Und ich hatte es schon geahnt, als ich mich vor ein paar Stunden am Treppengeländer zur Praxis von Dr. Engels hinaufgezogen hatte: An diesem Nachmittag würde er mich zum ersten Mal heulen sehen. Meine Beine waren mit jedem Schritt schwerer geworden, als bekäme ich eine Grippe, und oben musste Dr. Engels sämtliche Notfall-Hilfsmittel auffahren: Duft-Kleenex, warme Decke, selbst die CD mit beruhigender klassischer Musik.

Viel gesagt hatte er nicht. Die Lösung deiner Probleme liegt in dir selber, behauptet er immer, und um sich und mir einzugestehen, dass meine Probleme womöglich ganz woanders lagen, musste er wahrscheinlich erst einmal darüber schlafen. Oder Bücher wälzen. Oder was weiß ich. Wenn Kinderpsychologen zugeben, dass die *Eltern* ihrer Patienten das Problem sind, können sie einpacken, schätze ich. Auch wenn sie vom Patenonkel bezahlt werden.

»Meinst du, deine Mutter hat es sich bis morgen noch mal überlegt mit unserer Tour?«, fragte Nesrin, aber wohl nur, weil sie sich genauso wenig wie ich vorstellen konnte, wichtige Dinge in unserem Leben nicht mehr gemeinsam zu unternehmen.

Wir tauschten einen niedergeschlagenen Blick. Ich brauchte nicht einmal zu antworten.

Oben in der Wohnung begrüßte mich Linus gut gelaunt mit: »Wer von euch möchte den Eimer einweihen?«

Es gibt Situationen, in denen du vertraute Leute von derart neuen Seiten kennen lernst, dass du daran zweifelst, sie überhaupt je gekannt zu haben. Als wir noch Strom und Wasser gehabt hatten, hatte ich in fast jeder Lebenslage ziemlich genau vorhersagen können, wie mein Vater reagieren würde: ob er sich freute oder aufregte oder mit den Schultern zuckte. Ohne Strom und Wasser hatte ich es mit einem völlig anderen Menschen zu tun. Kemals, die ich eben noch so cool gefunden hatte, drehten beinahe durch wegen der Container und der *Hygiene*, Linus hingegen war zu gebrauchen. Mein Vater hatte plötzlich jede Menge praktische Ideen.

Nun also hatte er im Ein-Euro-Shop einen Eimer erstanden, den wir als Nachttopf benutzen konnten. Er hatte sogar daran gedacht, einen eigenen Eimer für Juliane mitzubringen. (Dies, obwohl sie seit letztem Wochenende nicht miteinander redeten.)

Linus, Jonas und ich richteten unsere Taschenlampen

erst aufeinander, dann auf den Eimer, der mitten im Badezimmer stand.

»Ich kann nicht, ich war gerade erst unten«, wehrte ich ab.

Mein Vater antwortete: »Nur zur Info. Für Jonas und mich ist es leicht, in einen Eimer zu pinkeln, aber du musst dich richtig draufsetzen, sonst läuft was daneben.«

»Schon gut, ich bin ja nicht blöd«, erwiderte ich peinlich berührt. Das Letzte, was du im Alter von elf Jahren mit deinen Eltern diskutieren möchtest, ist Pipimachen. Egal in welchen Topf.

»Wer als Erster muss, ist halt dran, Papa«, sagte Jonas ungehalten. »Von mir aus brauchen wir danach keine Glocke zu läuten.«

Im Wohnzimmer lagen Picknickdecke und Gitarre schon auf dem Boden. Linus hatte Nudelsalat gemacht, auf dem Campingkocher platzten Bockwürstchen.

»Wisst ihr was?«, vertraute er uns an. »Ich finde es sehr, sehr schade, dass ich morgen nach Hause muss. Die letzten Tage hatten wir richtig Spaß, findet ihr nicht?«

Dr. Engels hat mich vor längerer Zeit einmal gefragt, ob ich mir meine Eltern je als Kinder vorgestellt hätte. Damals hielt ich das für eine ziemlich blödsinnige Frage, aber seit dieser Woche ahnte ich, worauf er hinauswollte: Wenn Jonas und ich unseren Vater dreißig Jahre früher kennen gelernt hätten, wäre er ein prima Freund geworden.

Warum ich jetzt daran denken musste? Ich schätze, wenn du tief in dir schon spürst, dass ein ganz großer Knall bevorsteht, klammerst du dich an jeden noch so schwachen Trost.

Ohne mich

Rein gewohnheitsmäßig wollte ich am Samstagmorgen aus dem Fenster schauen, um zu erkunden, ob Metternich & Metternich ihre jeweiligen Fahrzeuge am Start hatten, aber ich sah nur die Rückseite von Frau Webers Plakat. In unserer Wohnung fühlte es sich mitten im Sommer wie November an: Den ganzen Tag wurde es nicht richtig hell.

Dennoch war es nicht schwer, mir auszumalen, dass alles wie immer ablaufen würde: drinnen Linus, der den Abschied hinauszögerte, und wir mit unseren klugen Sprüchen. Draußen Vicky im Kombi und Fred im Volvo. Warum sollte sich daran etwas geändert haben?

Juliane sah anders aus, das merkte ich gleich. Blass und mürrisch, und ihre Wange war kühl und fühlte sich vorwurfsvoll an. Als ob wir etwas dafür konnten, dass Hammermänner und Blaumänner auch samstags arbeiteten!

»Das hält ja kein Mensch aus«, rief sie, als sie noch kaum im Flur stand.

Am liebsten hätte ich gesagt: Wir halten das schon die ganze Woche aus! Aber Juliane machte nicht den Eindruck, als käme sie heute Morgen mit Widerworten zurecht.

Sie setzte ihre Tasche ab. »Ganz sicher gehe ich nicht im Hinterhof aufs Klo«, verkündete sie, worauf Jonas mit der guten Nachricht rausrückte: »Linus hat dir einen eigenen Eimer gekauft.«

Juliane antwortete nicht. Sie ging in die Küche und drehte am Wasserhahn, der ein furzähnliches Geräusch von sich gab, dann weiter ins Bad, um hektisch mit dem Spülknopf des Klokastens zu klappern. Jonas und ich trabten etwas ratlos hinterher. Dass das Wasser abgestellt war, wusste sie doch schon!

Das Betätigen sämtlicher Lichtschalter führte, wie erwartet, ebenfalls zu keinem brauchbaren Ergebnis. »Okay, fürs Protokoll«, verkündete unsere Mutter. »Samstag, der 20. Juni, zehn nach neun. Kein Wasser, kein Strom und der Geräuschpegel mit Sicherheit über 65 Dezibel. Diese Wohnung ist unbewohnbar.«

Ich war ganz schön platt, als mir klar wurde, worauf sie hinauswollte. Wie schlau meine Mutter ist, trifft mich immer völlig unerwartet. Vielleicht führt sie bei ihrem Chef, dem Anwalt, die Kartei mit den Tricks.

Eine Viertelstunde später stand das Taxi vor der Tür. Auch das eine Überraschung, denn seit wir drei Wohnungen finanzieren, beklagen meine Eltern bei jeder Gelegenheit, dass sie kein Geld für *Extras* haben.

»Baumschulenweg«, sagte Juliane zum Fahrer und ich gebe es ungern zu: Ich war enttäuscht, dass wir zu ihr fuhren anstatt zu Fred. Keine Ahnung, warum ich überhaupt etwas anderes erwartet hatte, aber für die nächsten Minuten vermied ich, zu Jonas hinüberzuschauen, damit er mir nicht auf die Schliche kam.

»Müssen wir Linus nicht mitteilen, wo wir sind?«, fragte mein Bruder.

Juliane wandte sich zu uns um. »Wer ist dafür?«

Wir hoben stumm die Hand.

»Na schön, dann schickt ihm halt eine WhatsApp«, sagte unsere Mutter gereizt.

In Julianes Wohnung fiel mir gleich auf, dass etwas nicht stimmte, wenngleich es einige Minuten dauerte, bis ich erkannte, was es war.

»Ihr könnt euer Gepäck ins Wohnzimmer stellen. Die Schlafcouch beziehen wir später«, wies Juliane uns an.

»Moment mal!« Jonas verschränkte die Arme. »Pia und ich gehen auf keinen Fall zusammen auf dieselbe Couch!«

»Dann kommt eben Pia zu mir ins Bett«, entschied Juliane, ihr Mund ein Strich.

Als meine Eltern vor drei Jahren auf Wohnungssuche gegangen waren, hatte es nicht lange gedauert bis zum ersten Ärger. Juliane war fast auf die Barrikaden gegangen, als durchsickerte, dass Linus mit der neuen Familie im Reihenhaus wohnen würde, während ihr eigenes Einkommen nur für eine gewöhnliche Zweizimmerwohnung im Plattenbau reichte.

Jonas und ich lernten ein neues Wort: *Unterhalt* klingt erstmal harmlos, aber mit giftigem Blick und hartem Ton gesprochen, oder fett gedruckt in einem Brief, hat es die Wirkung einer Stange Dynamit. Da die Miete für das Reihenhaus jedoch zur Hälfte von Vickys Eltern bezahlt wird, konnte Linus sein Geld am Ende für sich behalten und es war bei Julianes kleiner Wohnung geblieben. Immerhin liegt diese im achten Stock und du hast vom Balkon einen schönen Ausblick ins Grüne.

Ich trottete hinter unserer Mutter in die Küche. Da es zu dritt recht eng darin gewesen wäre, guckte Jonas durch die Durchreiche im Wohnzimmer zu uns hinein.

Und plötzlich fiel mir auf, was mir vorhin so spanisch vorgekommen war: Es war Samstag und nach ihrer Woche bei Fred hätte Julianes Wohnung aufgeräumt und ungelüftet sein müssen. Stattdessen standen nicht abgespülte Tassen am Rand des Spülbeckens, auf dem Tisch lagen Obst und eine Tüte Schrippen und die Fenster waren gekippt.

Schlagartig wurde mir klar, dass Juliane am Morgen in

dieser Wohnung aufgestanden war und nicht in der von Fred. Dass sie da schon gewusst haben musste, dass sie mit uns hierher zurückkommen würde, und dass ihr bleiches, trauriges Gesicht ausnahmsweise mal nichts mit uns zu tun hatte.

»Hast du dich mit dem Neuen etwa auch schon gezankt?«, entfuhr es mir, und Julianes Augen blitzten auf wie frisch polierte Messer.

»Das sagt die Richtige! Ausgerechnet du, Pia, solltest jetzt vielleicht den Mund halten!«

Ich war baff. Natürlich kann man Fragen so oder so formulieren, aber das Entscheidende ist doch, wie man sie *meint*! Ich war ehrlich entsetzt wegen Fred, so sehr, dass in meinem Kopf bereits weitere Fragen zu rattern begonnen hatten. Wer den Streit angefangen hatte, was nun zu tun war. Wie man meine Mutter so schnell wie möglich dazu bringen konnte, sich zu entschuldigen, und wie sie überhaupt so blöd hatte sein können, mit Fred zu streiten.

Wenn man als Frau von vierzig Jahren so einen guten Typen an Land gezogen hat, dann nimmt man sich doch ein bisschen in acht, oder etwa nicht?

Aber meine Mutter schien nicht auf den Gedanken zu kommen, dass ich ihr *helfen* wollte. Sie ließ mich stehen, rannte aus der Küche und knallte die Tür.

Jonas guckte durch den Rahmen der Durchreiche wie ein Fernsehmoderator, dem jemand den Monitor abgestellt hat. »Was ist denn jetzt los?«

Wir horchten. Nebenan trompete Juliane in ein Taschentuch und ich wusste nicht, ob es Wut oder Tränen waren, die in mir aufsteigen wollten.

Hatten *wir* uns das hier etwa ausgesucht?

In einer fremden Wohnung kannst du nicht viel machen, wenn deine Gastgeberin sich zum Heulen einschließt. Du kannst nicht einfach abhauen, also suchst du dir am besten die Stelle, wo du am wenigsten im Weg herumstehst. Jonas und ich verzogen uns auf den Balkon und spielten lustlos ein paar Handyspiele, kurz darauf sahen wir Juliane ins Wohnzimmer zurückkehren und die Schlafcouch aufklappen, obwohl es erst Vormittag war. Anschließend ging sie wieder hinaus und hantierte in der Küche.

Jonas und ich sahen zu, als befänden wir uns in einem dieser Mitmach-Theaterstücke, die ihre einzige Spannung daraus beziehen, dass du jeden Moment damit rechnen musst, auf die Bühne gerufen zu werden und etwas Blamables zu durchleben. Juliane allerdings beachtete uns überhaupt nicht. Durch die Durchreiche sahen wir sie hin und her gehen und hörten ihr Handy mehrmals lange klingeln, bis sie es entnervt unter die Polster des Fernsehsessels stopfte.

»Wir müssen ihr mal sagen, wo der Offline-Button ist«, brummte Jonas, aber er ließ es nicht klingen, als wolle er sich mit mir unterhalten, und mein Kopf füllte sich mit mehr und mehr trübseligen Gedanken, je länger wir auf dem Balkon festsaßen. Wenn nach Tagen des Aufruhrs plötzlich nichts als Ruhe um dich ist, bleibt dir gar nichts anderes übrig, als nachzudenken, und das war im Augenblick nicht unbedingt die beste Methode, um meine Stimmung wieder aufzuraffen.

Hatte seit dem 7. Juni eigentlich irgendetwas geklappt? Irgendein klitzekleiner Grund zur Freude? Irgendetwas *gerecht*? Mir fiel nichts ein. Dafür hörte ich die ganze Zeit eine Uhr ticken: noch drei Stunden bis zur Starke-Nerven-Tour. Noch zweieinhalb, noch zwei. Wahrscheinlich war Nesrin schon so aufgeregt, dass sie völlig vergaß, mich zu vermissen. Nicht einmal auf meine beste Freundin war mehr Verlass!

Endlich öffnete Juliane die Balkontür. »Ihr könnt essen kommen.«

Zu diesem Zeitpunkt war die Mittagssonne längst um die Ecke gebogen und knallte uns auf den Kopf. Las Juliane keine Apothekerzeitungen? In dreißig Jahren bekamen wir hierfür vielleicht die Quittung! Jonas' Gesicht war krebsrot, meins fühlte sich genauso an und auf unseren Handy-Displays erkannten wir schon länger nichts mehr, aber keiner von uns hatte den Anfang machen und unaufgefordert wieder hineingehen wollen.

Es gab Pasta mit frischer Carbonara-Sauce. Keine Konserven, Juliane hatte für längeres Hierbleiben eingekauft. Sie selbst strahlte immer noch Vorwurf aus, als ob wir an irgendetwas schuld waren. Es gibt niemanden, der das dazugehörige Gesicht besser hinkriegt als unsere Mutter, und in solchen Fällen hältst du am besten den Mund.

Ich sagte: »Sollen wir jetzt die ganze Woche mit dir hier hocken?«

Und: »Diese Wohnung ist viel zu klein. Mir gefällt es hier nicht. Wie kommen wir Montag überhaupt zur Schule?«

Und schließlich: »Wir essen noch zu Ende, dann fahre ich nach Hause. Von mir aus kann ich zum Schlafen wiederkommen, aber früher nicht.«

Meine Mutter sagte – nichts. Das war unfassbar, wie Delfine im Landwehrkanal, und Jonas und ich tauschten einen Blick, aus dem jetzt pure Sorge sprach.

Hieß das, sie hatte *ernsthaft* mit Fred gestritten? Fred, mit dem wir uns gerade erst abgefunden hatten?

Schweigend rollten wir Spaghetti auf. Minuten verstrichen und ich stand kurz davor, 112 zu wählen, als Juliane plötzlich sagte: »Es funktioniert einfach nicht.«

»Was funktioniert nicht, Mama?«

»Alles. Alles, was wir uns überlegt haben. Warum, weiß ich nicht. Bei anderen Leuten klappt es, aber nicht bei uns.«

Sie stand auf, räumte die Teller ab und ließ Wasser darüber laufen. Ihre Schultern hingen herab.

»Bei anderen Leuten klappt auch nicht alles«, bemerkte ich. »Der Freund von Robin hat neulich seinen eigenen Hund überfahren. Dabei wollte er bloß umparken.«

»Wie jetzt?«, fragte Jonas verdutzt.

»Er stand im 7-Uhr-Halteverbot«, erklärte ich.

Die Geschichte war erstunken und erlogen, der Freund meines Patenonkels besaß gar keinen Hund, aber auf die Schnelle fiel mir kein besseres Beispiel ein.

»Hat der Hund überlebt?«, sorgte sich Jonas.

»Ja, aber er sitzt jetzt im Rollstuhl.«

Ein Glucksen stieg in meine Kehle, es ließ sich einfach nicht unterdrücken, und prompt fing auch Jonas an zu lachen. Nach der ganzen Schweigerei fühlte es sich an wie eine Explosion.

Und war genauso schnell vorüber. »Die Gefühle anderer Leute interessieren dich einen Dreck, nicht wahr, Pia?« Juliane funkelte mich an.

Es war, als hätte sie alle meine Knöpfe gleichzeitig gedrückt. »Was weißt du denn von Gefühlen?«, schrie ich sie an. »Du hast doch überhaupt keine Ahnung! Es gibt genau zwei Leute, mit denen ich reden kann, und einer wird dafür *bezahlt*!«

Mein erstes Großes Brüllen! Ich hätte nicht gedacht, wie verdammt gut sich so etwas anfühlt, zumindest wenn du derjenige bist, der brüllt.

Wahrscheinlich holte ich deshalb noch einmal tief Luft.

»Wenn wir *einmal* Spaß haben, müsst ihr ihn gleich wieder verderben. Alle unsere Freunde machen bei der Tour mit, nur wir nicht! Weißt du, wie beschissen sich das anfühlt? Wir hätten es euch sagen sollen, haha! Mit euch macht doch schon lange nichts mehr Spaß!«

In diesem Augenblick klingelte es an der Tür. Es klingelte sogar Sturm, und bis Linus eine Minute später angehetzt kam, glaubte ich, Nachbarn wollten sich beschweren, weil ich zwischen 13 und 15 Uhr gebrüllt hatte.

Mein Vater war kaum wiederzuerkennen. Erst vor wenigen Stunden hatten wir ihn gut gelaunt abfahren sehen, beschwingt durch eine ganze Woche nostalgisch angehauchter Campingspiele. Nun war sein Gesicht verzerrt wie eine Grimasse, und er schimpfte los, noch bevor er seinen Fuß über die Schwelle gesetzt hatte.

»So war das nicht abgemacht! Kinder, packt eure Sachen, wir fahren zurück in die Wohnung.«

»Das ist meine Woche«, begann Juliane, aber Linus schnitt ihr das Wort ab.

»Das heißt nicht, dass du die Kinder einfach mitnehmen kannst! Herrje, Juliane, was denkst du dir eigentlich? Du bist diejenige, die das schriftlich haben wollte und die bei jeder Gelegenheit auf die Absprachen pocht. Aber du, du darfst alles machen, was du willst, ja?«

Ich war gehorsam aufgestanden, um zu packen, setzte mich aber wieder, als mir einfiel, dass wir ja gar nicht ausgepackt hatten.

Linus war so aufgebracht, dass er buchstäblich hin und her rannte. »Lenny hat die Grippe, was meinst du, was bei uns jetzt los ist? Aber wenn du nicht bereit bist, dich so um die Kinder zu kümmern, wie wir vereinbart haben, dann rufst du mich gefälligst an, ist das klar? – Jonas! Pia! Worauf wartet ihr?«

Vor drei Jahren haben unsere Eltern uns erklärt, dass es, wenn Familien sich scheiden lassen, nicht ohne Gerüst geht. Dieses Gerüst sind die schriftlichen Vereinbarungen, und wenn du irgendwo ein Teil lockerst, kann das ganze Ding zusammenbrechen. Wenn Jonas und ich das Wort *Vereinbarung* hören, wissen wir also Bescheid.

»Tschüs, Mama«, sagte Jonas, seine Sporttasche in der Hand.

Juliane sagte nichts. Ihr Gesicht war noch blasser geworden, das war ihre einzige Antwort, und die Tür fiel hinter uns ins Schloss.

Linus hatte direkt vor dem Haus im Halteverbot geparkt, ein Seitenfenster des Kombis stand offen, er hatte nicht einmal abgeschlossen.

»Gut, dass ihr mir Bescheid gesagt habt, Kinder«, sagte er beim Einsteigen. »Gut, dass ihr Bescheid gesagt habt«, wiederholte er, als er saß, und atmete tief aus. »Ihr habt alles richtig gemacht. Auf euch ist Verlass. Kein Grund zu heulen, Pia. Ich bin sehr stolz auf euch.«

Hätte er nicht fünf Minuten früher kommen können? Nicht, dass ich etwas zurücknehmen wollte von dem, was ich zu Juliane gesagt hatte, aber ich finde, man sollte nur streiten, wenn sichergestellt ist, dass man Zeit hat, sich anschließend wieder zu vertragen! Jetzt hatte sie Streit mit Fred *und* mit mir *und* mit Linus, und obwohl ich selbstverständlich im Recht war – das hatte ich nicht gewollt.

Jonas, der auf dem Rücksitz neben mir saß, tippte verstohlen auf seine Armbanduhr. »Wenn wir uns beeilen, können wir es noch schaffen«, flüsterte er.

Es war viertel nach zwei. Ich wischte mir die Tränen ab. »Ohne mich«, murmelte ich. »Ich bin nicht mehr in Stimmung.«

Eine Viertelstunde später schloss Jonas seine Zimmertür von außen ab, drückte mir den Schlüssel in die Hand und stahl sich aus der Wohnung. Sein Handy lag auf seinem

Bett. Schließlich war nicht *vereinbart*, dass wir die neu installierte Überwachungs-App überall mit hinnehmen mussten.

Krisensitzung

»Frag deinen Bruder, ob er Kakao möchte.«

»Frag deinen Bruder, ob er Buntwäsche hat, wir kriegen nachher noch Strom.«

»Frag deinen Bruder, ob er nicht endlich aufhören will mit dem Quatsch.«

Seit einer Stunde trabte ich zwischen Jonas' Zimmertür und der Küche hin und her und tat, als richtete ich Linus' Botschaften aus. Es funktionierte so gut, dass wir es ab heute eigentlich jeden Samstag so machen konnten: Einer von uns gab vor, er hätte sich im Zimmer eingeschlossen, während er in Wirklichkeit unseren Platz auf der Tour einnahm. Der andere gab ihm ein Alibi.

Linus zumindest machte es uns leicht. Während er uns, wie er meinte, beaufsichtigte, ging er die meiste Zeit mit dem Telefonhörer am Ohr in der Küche auf und ab.

»Vorsicht mit Medikamenten. Versuch es nochmal mit Wadenwickeln und wechsle durchgeschwitztes Bettzeug.

Ja, ich weiß, wovon ich rede, Jonas war früher auch oft krank …«

Bei Juliane würden wir unseren Trick deutlich verfeinern müssen, aber bis nächste Woche fiel uns sicher etwas ein!

Seit ich zu Dr. Engels gehe, habe ich die komische Angewohnheit, mich selbst zu beobachten, aber ob das ein Fortschritt für mich ist …? Jetzt zum Beispiel konnte ich feststellen, dass ich langsam wieder fröhlicher wurde, während mir gleichzeitig die ganze Zeit bewusst war, dass ich mich durch das Austricksen von Linus nur von anderen Problemen ablenkte. Die Ablenkung war also nicht so vollkommen, wie sie es bei Kindern gewesen wäre, die nicht in Therapie sind, was mich wiederum auf die Frage brachte, ob Kinder ohne Therapie generell bereits glücklicher sind oder nur deshalb, weil sie weniger über sich nachdenken.

Linus hatte unterdessen die Stimme gesenkt, aber ich hörte ihn trotzdem: »Vicky-Schatz, ich kann's doch nicht ändern! Wenn ich ihr jetzt nachgebe, kann alles passieren. Wetten, dass sie in einer halben Stunde hier ist? Sie lässt sich ihre Woche nicht abnehmen, das glaubst du doch selbst nicht!«

Ich war verblüfft: Auch mein Vater operierte also mit Tricks! Plötzlich kam er aus der Küche. Ich konnte gerade noch von der Tür wegspringen und tun, als studierte ich ausgiebig die Werbung, die wir vorhin aus dem Briefkasten gezogen hatten.

»Glaub bloß nicht, ich hätte das gern getan«, sagte er. »Bei Juliane reinplatzen und euch herausholen. Vielleicht hast du sogar das Gefühl, ich hätte sie vor euren Augen bloßgestellt. Das war nicht meine Absicht, aber diesmal ist sie einfach zu weit gegangen.«

»Schon klar«, murmelte ich.

»Wir haben viel Zeit, Mühe und Geld darauf verwandt, die Regeln unseres Zusammenlebens festzulegen, und es funktioniert nur, wenn sich alle daran halten.«

»Juliane findet, bei uns funktioniert es nicht«, sagte ich und hielt kurz die Luft an.

»Was soll das heißen?«, fragte Linus misstrauisch.

»Was weiß ich? In dem Moment hast du geklingelt und sie kam nicht dazu, es zu erklären.«

»Das ist ja noch schöner«, regte sich Linus auf. »Was meint sie damit, es funktioniert nicht? Meint sie, dass sie nicht alles dafür tut? Na, das kann ich unterstreichen. Von mir kann ja wohl nicht die Rede sein! Ich mache genau das, was wir vereinbart haben. Ich bin hier, ich bin wieder weg, und nicht nur ich, meine ganze Familie trägt ihren Teil bei. Ich weiß nicht, ob euch das überhaupt bewusst ist, Pia, aber Vicky und Max und selbst der kleine Lenny bringen auch ihre Opfer.«

»Warum fährst du nicht einfach wieder nach Hause, Papa?« Plötzlich fühlte ich wieder die Müdigkeit in mir aufsteigen, mit der ich in letzter Zeit schon ein paar Mal Bekanntschaft gemacht hatte. »Jonas und ich sind alt genug. Ist das schon mal einem von euch aufgefallen? Wir brauchen niemanden mehr, der rund um die Uhr auf uns aufpasst. Wir hätten lieber ein bisschen Ruhe.«

Linus lehnte sich an die Wand und verschränkte die Arme.

»Du fährst nach Hause«, wiederholte ich, »und heute Abend fahren Jonas und ich zum Schlafen zu Juliane, in Ordnung?«

»Auf keinen Fall! Ihr bleibt hier, wie vereinbart. Ich sehe überhaupt nicht ein, wieso es für eure Mutter unzumutbar sein soll, zu euch zu kommen. Sie hat schließlich keine anderen Kinder zu versorgen, während Vicky und ich …«

»Ach, macht doch, was ihr wollt!«, platzte ich heraus.

»So nicht, mein Fräulein!«, begann Linus.

Aber da war ich schon in meinem Zimmer, wo ich die nächsten Minuten damit verbrachte, die oberste Schreibtischschublade auf- und zuzuziehen, um mich zu beruhigen.

Dass der Krach im Haus aufgehört hatte, fiel mir erst auf, als Stiefel die Treppe herunterpolterten. Gleich darauf leuchtete meine Tischlampe auf, Hammer- und Blaumänner machten Feierabend, wir hatten wieder Strom.

Als das vereinbarte Klingelzeichen ertönte, glaubte ich erst, ich hätte mich verhört. Es war gerade mal halb vier! Aber dreimal kurz, einmal lang – da war es noch einmal, das war zweifellos Jonas, und es bedeutete, dass ich die Wohnungstür öffnen und anlehnen sollte, damit er ungesehen wieder hineinschlüpfen konnte.

Unser Vater bekam von alldem nicht das Geringste mit, weil er die Waschmaschine befüllte und nebenbei immer noch telefonierte. Seine Stimme hatte auch Vicky gegenüber nun jenen gereizten Ton angenommen, den ich von Auseinandersetzungen meiner Eltern nur allzu gut kannte. Großartig, nun hatten also beide Krach mit ihren Neuen!

Doch ich hatte wirklich keine Lust mehr, mich damit zu beschäftigen. Bei der Tour musste etwas komplett schief gelaufen sein, wenn Jonas schon nach Hause kam! Ganz ohne mich schien es also doch nicht zu gehen und ich muss zugeben, dass ich eine gewisse Genugtuung verspürte – zumindest, bis ich Jonas' Gesicht sah.

Ich schloss seine Zimmertür auf, wir huschten hinein. »Jetzt sieh dir das an«, sagte er nur und drückte mir einen bunten Prospekt in die Hand.

Ich musste erst mal lachen. Die Vorderseite des Flyers

zierte das doofe, zahnfleischige Grinsen von Dr. Driss! Der Text dazu ergab allerdings überhaupt keinen Sinn.

»Sein Fahrer hat mit einem Bus am Kotti gewartet«, sagte Jonas fassungslos. »Alle unsere Touristen sind eingestiegen, wir konnten gar nichts machen. Die Leute haben überhaupt nicht gemerkt, dass sie nicht auf der richtigen Starke-Nerven-Tour waren!«

Ich starrte wieder auf den Prospekt. Langsam, sehr langsam, begann ich zu kapieren, wie Bild und Text zusammenhingen. *Neukölln für starke Nerven – jetzt noch besser!*, stand unter dem Grinsen von Dr. Driss.

Ich blickte auf. Ich merkte, dass die Bewegung wie in Zeitlupe ablief. »Der Arsch hat unsere Idee geklaut«, hörte ich mich flüstern.

»Das kann man wohl sagen«, erwiderte Jonas erschüttert.

»Aber … wer macht denn bei diesem Blödmann mit?«, rief ich.

»Er scheint seine eigenen Mitarbeiter zu haben. Keine Ahnung, wo er die Leute hinfährt – in den Schillerkiez vielleicht, oder zum Richardplatz.«

Ich faltete den Prospekt auseinander und begann zu lesen. »Der nimmt auch nur acht Euro«, fasste Jonas zusammen. »Und der Bus hat sogar WLAN.«

»Ja, und jetzt?«

»Die anderen treffen sich gerade bei Onkel Ömer. Ich dachte, ich komme lieber schnell nach Hause, bevor Linus doch noch etwas merkt.«

»Der merkt nichts. Der denkt, ich hätte mich jetzt auch eingeschlossen.«

»Na dann«, meinte Jonas und trotz der ernsten Lage sah ich den Anflug eines Grinsens in seinem Gesicht, »ist es wohl Zeit, dass ich aus meinem Zimmer komme.«

Auf dem Stuhl vor Onkel Ömers Laden saß Ecki. Seit seinem verpatzten Auftritt hatten wir ihn nur noch von weitem zu Gesicht bekommen; er hatte die Straßenseite gewechselt, sobald er einen von uns erspähte. Ecki zufrieden wieder an seinem Platz zu sehen, war das erste Zeichen, dass unsere schöne Tour – die beste Geschäftsidee, die wir je gehabt hatten – Geschichte war. Eine kleine Episode, mehr nicht, und schon vor den Sommerferien vorüber.

»Tach, Pia. Schönes Pech«, begrüßte er mich.

»Das wollen wir erst mal sehen!«, erwiderte ich und drückte mich an ihm vorbei.

Drinnen war es so voll, dass ich es nicht sofort schaffte, mich zum Tresen vorzudrängeln. Hinter einer Wand aus breiten Rücken dröhnte Onkel Ömers aufgebrachte Stimme.

»*Shishas, Spielhöllen und zwielichtige Strukturen* – was

soll das heißen? Was meint der Mann? *Erleben Sie mitten in Berlin eine Kultur wie aus einem anderen Jahrhundert, in der in Hinterhofmoscheen Politik gemacht wird.* Ja, ist denn das zu fassen? Hat der eine Meise?«

Onkel Ömer gab also gerade den Prospekt von Dr. Driss zum Besten. Ich zupfte Selim und Herrn Runge am Ärmel und sie rückten ein wenig zur Seite, um mich vorzulassen.

»In Neukölln ist die Polizei schon lange nicht mehr Herr der Lage«, las Onkel Ömer vor, und im Gewirr empörter Stimmen erhob sich die von Herrn Kemal: »So eine Unverschämtheit!«

»Es kommt noch schöner: *Arabische Clans, die wahren Herrscher des Bezirks, gleiten in Luxuslimousinen mit getönten Scheiben über den Kottbusser Damm.*«

»Lass es, Ömer, das bringt doch nichts«, beschwichtigte Herr Runge. »Das sind nur Worte. Und wenn wir ehrlich sind: Genau dasselbe haben wir den Leuten auch vorgespielt.«

»Ja, aber wir sind Türken! Wenn wir uns selbst auf die Schippe nehmen, ist das doch etwas völlig anderes als dieser ... dieser Schund!«

Ich hörte das Geräusch von zerreißendem Papier, gefolgt von Stampfen. Onkel Ömer hatte den Prospekt zerfetzt und trampelte darauf herum.

Unterdessen war ich zwischen weiteren Rücken und

Beinen hindurchgeschlüpft und konnte Nesrin und Kasim erkennen, die im Hinterzimmer auf dem Tisch mit dem Faxgerät saßen. Nesrin winkte mir zu, schüttelte den Kopf und zog ein Gesicht, und augenblicklich wusste ich, dass wir uns in der Einschätzung der Lage einig waren. *Starke Nerven*, das war's. Wenn die Konkurrenz einen Bus mit WLAN und erwachsene Reiseführer hatte, waren wir aus dem Rennen, da konnte Onkel Ömer fetzen und trampeln, so viel er wollte.

Der Arme hatte tatsächlich Tränen in den Augen. »Seit Jahrzehnten leben wir Muslime in Neukölln«, sagte er. »Sind friedlich und freundlich und tun niemandem etwas, und jetzt muss man sich so etwas gefallen lassen.«

»Nicht alle von uns sind friedlich und freundlich«, bemerkte Herr Kemal bedauernd, worauf Onkel Ömer rief: »Aber wir sind doch nur Menschen! Idioten gibt es überall, auch bei uns. Das ist doch kein Grund, uns so zu beleidigen!«

Plötzlich sagte jemand: »Wie wäre es, wenn wir den Spieß umdrehen?«

Ich wandte mich um. Der Mann, der gesprochen hatte, musste einer von den Neuen sein, er trug sogar noch seine Verkleidung: zerrissene Hose, fleckige Strickjacke und eine Plastiktüte vom *24-Stunden-Schnapsdiscount*. Wahrscheinlich war er der Ersatz für Ecki gewesen.

»Warum zeigen wir den Leuten nicht die friedlichen Seiten Neuköllns?«, schlug der Neue vor.

Einige Sekunden war es ganz still. Dann sagte Onkel Ömer: »Wenn ihr mich fragt: Das ist eine verdammt gute Idee.«

»So was wie Teestunde in der Moschee und häkelnde Stadtteilmütter?«, fragte Kasim verdrießlich aus dem Hinterzimmer. »Wer will denn sowas sehen?«

Aber niemand hörte auf ihn, so sehr waren auf einmal alle damit beschäftigt, Ideen zu einem völlig neuen touristischen Konzept zusammenzutragen.

Und das war das endgültige Ende unserer Tour für starke Nerven.

Wenn der Anwalt klingelt

Immerhin ersparte uns Linus, von Vicky mit ihrem *Baby an Bord*-Aufkleber abgeholt zu werden. Auch er spendierte ein Taxi, und da der Weg ans andere Ende des Bezirks führte, hatten wir noch fast zwanzig Minuten länger Zeit, uns seelisch auf unsere neue Lage einzustellen.

»Ist ja nur vorübergehend.« Linus wandte sich vom Beifahrersitz halb zu uns um.

Wir sagten nichts. Wie es Jonas mit diesem Satz ging, wusste ich nicht, aber ich selbst hatte, während die Hermannstraße in den Britzer Damm überging und die Innenstadt hinter uns blieb, auf einmal so ein merkwürdiges Gefühl. Als wären wir gerade dabei, irgendeine Grenze zu überschreiten, und als würde danach nichts mehr so sein, wie es eben noch gewesen war.

»Komisch«, bemerkte Linus, »ich hätte gewettet, dass eure Mutter das von heute Mittag nicht einfach auf sich sitzen lassen würde.«

Er wühlte in einer offenen Wunde. Als hätten Jonas und ich nicht ohnehin kapiert, dass er uns nicht freiwillig mit zu sich nach Hause nahm! Und auch warum Juliane sich bis zum Abend nicht gemeldet hatte, konnte ich mir denken. Nach meinem Auftritt beim Mittagessen wollte sie uns wahrscheinlich so richtig schmoren lassen.

Dennoch: Die Demütigung, bei Vicky unterschlüpfen zu müssen, hätte ich ihr nicht zugetraut. Bis zum letzten Augenblick hatten Jonas und ich gehofft, ja, fest erwartet, dass unsere Mutter doch noch auftauchen würde.

Nach dem Besuch bei Onkel Ömer hatte ich Jonas genau dort angetroffen, wo auch ich den ersten Teil des Nachmittags verbracht hatte: mit einem Ohr an der Küchentür.

»Sie will, dass er zurückkommt«, hatte mein Bruder mir zugeflüstert. »Zur Not mit uns!«

»Was? Wir? Zu Vicky? Niemals!«

Ich vergaß auf der Stelle, was ich von Onkel Ömer zu berichten hatte. Besorgt lauschten wir, wie Linus verhandelte. Er klang, als wedelte er dabei mit einer weißen Fahne.

»Ich gebe ihr noch eine halbe Stunde, dann bin ich da, versprochen. Ja, ich weiß, wie es bei euch aussieht, aber ich hatte heute Morgen doch gar keine Zeit … *bei uns*, wollte ich sagen, klar. Mensch, Vicky. *Bei uns* sieht es aus wie ein Schlachtfeld, das weiß ich doch.«

»Hast du Juliane schon angerufen?«, flüsterte ich Jonas zu.

»Ich hab ihr zwei Mal auf die Mailbox gesprochen. Sie geht nicht ran! Was musstest du sie auch so anbrüllen?«

»Haha! Du hast neulich noch viel lauter gebrüllt!«

Ich musste aufpassen, dass ich nicht gleich wieder mit Brüllen anfing. »Sie ist wegen der Bauarbeiten ausgezogen, klar? Nicht wegen mir!«, zischte ich.

Aber am Ende war es egal, warum Juliane sich nicht gemeldet hatte. Fakt war, wir saßen zum zweiten Mal an diesem Tag in einem Taxi, wir waren auf dem Weg zu Vicky, und wir waren in dieser misslichen Lage, weil unsere eigene Mutter uns sitzen gelassen hatte. Und das, nicht das Ende der Starke-Nerven-Tour, nicht Frau Weber und auch nicht das Zusammenstürzen unseres Hauses, war die Krönung aller Pleiten der letzten drei Wochen.

Weder mein Bruder noch ich waren je in der Nähe des Reihenhauses in Britz gewesen, in dem die andere Familie Metternich wohnt. Ich bemerkte, wie sich die Gardinen im ersten Stock bewegten, als wir aus dem Taxi stiegen. Das Gartentor des verwitterten Jägerzauns machte einen ziemlich wackligen Eindruck; Linus musste es erst einmal anheben, bevor es sich öffnen ließ. Am Briefkasten hing eins dieser großen bunten Klingelschilder mit allen Vornamen der Bewohner, die immer so nett und schief und selbst gemacht aussehen, bevor du entdeckst, dass du sie genauso im Internet bestellen kannst.

In der neuen Straße meines Vaters sieht es ganz anders aus als bei uns: lauter kleine Häuser mit Vorgärten. Es war sehr ruhig, Autos standen mit großen Lücken dazwischen am Straßenrand. In unserem Kiez siehst du fast nie Lücken; Linus muss manchmal zehn Minuten zu unserem Haus zurücklatschen, weil er dichter dran keinen Parkplatz findet.

Die paar Meter Fußweg bis zum Hauseingang waren mit Kies ausgelegt, auf dem unsere Schritte knirschten. Gut so, denn auf diese Weise war das Knirschen meiner Zähne wenigstens nicht für jedermann hörbar! Dr. Engels sagt, und meine eigene Erfahrung gibt ihm inzwischen recht: »Wenn du eine beschissene Lage nicht ändern kannst, mach das Beste draus.« (Er benutzt andere Worte, aber ich schätze, es ist genauso gemeint.)

Und typisch: Die Antwort darauf, was das Beste war, blieb wieder mal mir selbst überlassen. Ich hatte weder eine Ahnung, wie ich Vicky begrüßen noch was für ein Gesicht ich jemandem gegenüber machen sollte, der genau wusste, dass ich sie nicht leiden konnte. Dass Jonas und ich nicht aus freien Stücken hier waren, wusste sie auch, und nach drei Jahren tat es ihr bestimmt wahnsinnig gut, wie wir mit Gepäck in der Hand vor ihrem Haus herumstanden und warteten, dass sie endlich die Tür öffnete.

Mein Vater klingelte zum zweiten Mal. Warum er seinen Hausschlüssel nicht benutzte, konnte ich mir nicht erklären. Vielleicht fühlte er sich mit uns im Schlepp bei seiner anderen Familie nicht genügend willkommen, um einfach einzutreten. Aber ehrlich gesagt hatte ich keine besondere Lust, darüber nachzudenken. Ich konnte gerade noch so viel Haltung mobilisieren, dass ich nicht anfing zu heulen.

Ich war unsagbar erleichtert, als nicht Vicky, sondern Max die Tür öffnete. Selbst wenn ich ihn fast nicht erkannt hätte: Ein einziges Mal, damals auf dem Fernsehturm, hatten wir uns getroffen, Max war jetzt acht und sah nicht nur anders aus als vor drei Jahren – auch von seiner Begeisterung über uns war nicht viel übrig, das erkannte man schnell.

Kein Wunder: Jeden Samstag hatte er uns aus dem Auto seiner Mutter gewinkt und ich konnte mich nicht erinnern, dass wir je zurückgewinkt hätten.

»Mami ist oben, Lenny kotzt«, begrüßte er uns jetzt. Dann drehte er sich um und stiefelte die Treppe hinauf ins Obergeschoss.

»Auch das noch«, murmelte Linus. »Wartet einen Augenblick, Kinder, ich bin gleich wieder da. Stellt euer Gepäck am besten da hin …«

Schon war er auf der Treppe. Jonas und ich blieben erst ein paar Minuten stehen, dann setzten wir uns hintereinander auf die unteren Stufen, und weil sich niemand um uns kümmerte, hatten wir reichlich Zeit, vom Flur aus die nächste Umgebung in Augenschein zu nehmen.

»Riecht ziemlich streng hier«, flüsterte Jonas.

»Nach Baby«, flüsterte ich mit Kennerblick zurück. Bei meiner Klassenkameradin Ricky hatte es genauso gerochen, als sie mir stolz ihren neugeborenen Bruder vorgeführt hatte: eine Mischung aus saurer Milch und vollen Windeln. Man hielt automatisch die Luft an, gewöhnte sich nach ein paar Minuten allerdings schon etwas daran.

Jonas' und mein nicht mehr ganz so neugeborener Bruder, den wir noch nie gesehen hatten, brüllte im Obergeschoss dermaßen herum, dass wir von Vicky nur Wortfetzen aufschnappten: »Kinderarzt ... keine Minute geschlafen ... passt gerade gar nicht ...«

Durch die offen stehende Wohnzimmertür erhaschten wir einen Blick auf das Chaos rund um einen großen Esstisch, und das, was du von der Küche erkennen konntest, sah auch nicht besser aus. Mitten im Raum lagen nicht ausgepackte Einkaufstaschen, wahrscheinlich von Linus dort zurückgelassen, als er zu unserer Befreiung aus Julianes Wohnung ausgerückt war. Zwei vollgestopfte Mülltüten lehnten an der Tür.

Keine Ahnung, wie viel Zeit verging, bis wir in unserem Rücken eine Bewegung bemerkten und Max hinter uns stehen sahen. »Ich soll euch Saft anbieten«, sagte er mürrisch.

Mein Bruder und ich standen so schnell auf, als wären wir beim Stöbern in fremden Schubladen ertappt worden. »Nee, lass mal«, erwiderte Jonas lahm.

»Ihr schlaft in meinem Zimmer, aber das ist noch nicht fertig«, fuhr Max fort, ohne sich von der Stelle zu bewegen. Er stand da, als wartete er auf etwas.

Und endlich hatte ich die rettende Idee. Endlich fiel mir das Zauberwort ein.

»Können wir irgendwas helfen?«, fragte ich.

Vickys Hand war klein, kalt und ganz schön knochig. An ihrem blassen Gesicht war auch nicht viel dran. Überhaupt wirkte sie älter und müder, als ich sie in Erinnerung gehabt hatte, ihr T-Shirt war schmuddelig und oben auf ihrem Kopf verlief zwischen den blonden Haaren ein fast zwei Zentimeter breiter brauner Streifen.

Sie sah so anders aus als damals auf dem Fernsehturm, dass ihr die Hand zu geben sich nicht peinlicher oder unangenehmer anfühlte, als wenn sie tatsächlich eine völlig Fremde gewesen wäre. Damit hatte ich so wenig gerechnet, dass ich keinen Ton herausbrachte, was wiederum zu erwarten gewesen war, wenn auch aus anderen Gründen. (Ich musste Dr. Engels unbedingt fragen, wie man den Psychologen im eigenen Kopf abstellt.)

»Tut mir leid, wie's bei uns aussieht, Kinder«, waren Vickys Worte zu unserer Begrüßung. »Der Kleine ist krank und ich schaffe es einfach nicht allein.«

Sie ließ sich auf Max' Bett fallen. Da Jonas und ich das meiste, was sich bis eben dort aufgetürmt hatte, ins Regal oder in den Schrank geräumt und mit dem Rest einen Schmutzwäschehaufen angelegt hatten, ging das auch wieder.

Nicht, dass sich an meiner Einstellung Vicky gegenüber bereits etwas geändert hatte, seit ich vorhin hinter Max die Treppe hinaufgegangen war. Man konnte auch nicht gerade sagen, dass ich ein besserer Mensch geworden war, nur weil ich eine gute Idee gehabt hatte. Beim Aufräumen von Max' Kinderzimmer hatte ich genau registriert, dass sein Zimmer nicht größer war als unseres und dass er nichts besaß, was Jonas und ich uns je vergebens gewünscht hatten.

Aber einfach anzufangen und irgendetwas zu tun, war schlicht die beste Lösung gewesen, und nachdem wir einmal begonnen hatten, uns nützlich zu machen, fühlten wir uns nicht mehr ganz so fehl am Platz, als Vicky schließlich mit Linus in Max' Zimmer kam.

Linus blickte sich um. Du konntest ihm ansehen, wie überrascht und gerührt er über unsere Aufräumaktion war.

»Das habt ihr prima gemacht«, sagte er und gab Jonas einen kleinen Schubs. »Wisst ihr was? Ich bestelle uns Pizza und dann holen wir alle erstmal Luft.«

Essen ist ebenfalls eine gute Methode, um sich davon abzulenken, dass einem nichts anderes mehr übrig bleibt, als sich aneinander zu gewöhnen. Rund um den Couchtisch im Wohnzimmer funktionierte es ziemlich gut. Wir Kinder saßen auf dem Boden und bei all dem Chaos machte es auch nichts aus, wenn mal ein Stück Pizza auf den Teppich fiel.

»Pia, Jonas und ich haben vergangene Woche jeden Abend auf dem Boden gegessen«, berichtete Linus und sah uns aufmunternd an, worauf mein Bruder und ich gehorsam zum Besten gaben, wie wir zwischen Hammermännern, Klocontainern und Taschenlampen gelebt und dazu auch noch Linus' Gitarrenspiel über uns hatten ergehen lassen müssen.

»Und siehst du meine Riesenbeule?« Jonas beugte sich zu Max vor. »Das bekommt man vom Versteckspielen im Dunkeln.«

»Ich will auch«, schrie Max sofort. »Wir lassen die Rollos runter!«

»Okay, zum Nachtisch!«, bestimmte Linus. »Und dann räumen wir die Küche auf.«

Als wir zu spielen begannen, verschwand Vicky nach oben, weil Lennart wieder zu brüllen begonnen hatte. Und ich? Ich muss zugeben, ich wäre beinahe mitgegangen, denn langsam wurde ich immer neugieriger auf den Kleinen. Wann sollten wir eigentlich eingeladen werden, ihn zu besichtigen? Schließlich war er unser Halbbruder, wurde es da nicht Zeit, ihn uns vorzustellen?

»Ist Grippe gefährlich für ein Baby?«, fragte ich.

»Das wollen wir nicht hoffen«, erwiderte Linus mit umwölkter Stirn.

»Na, jetzt bist du ja wieder hier und kannst helfen«, brummelte Jonas.

»Aber erstmal wird gespielt!«, bestimmte Max.

Es begann mit technischen Schwierigkeiten. Den Grad der Dunkelheit durfte nämlich Max bestimmen, er war ja erst acht, und sobald es losging, schrie er nach einer Sekunde aus Leibeskräften: »Nein, doch noch zu dunkel!«

Worauf Linus oder Jonas aus seinem Versteck kommen und den Rollladen wieder ein Stück nach oben ziehen musste, bis er schließlich fast wieder im Kasten verschwunden war und Max aussah, als finge er gleich an zu heulen.

»Ich habe eine Idee«, sagte Linus schließlich. »Ich verstecke mich zusammen mit Max und Jonas und Pia müssen suchen.«

»Super«, jubelte Max. »Die finden uns nie, die kennen sich doch noch gar nicht aus!«

»Wart's ab«, meinte Jonas und ließ den Rollladen mit einem Rutsch nach unten fallen.

Ich selbst blieb an meinem Platz unter dem Couchtisch und war froh, dass niemand sehen konnte, wie blödsinnig ich mich auf einmal freute.

Wir waren bei Vicky, und es war völlig in Ordnung. Linus, unser Vater, tobte mit Max herum und es war mehr als in Ordnung, es war beinahe schon schön. Oben brüllte ein kleiner Bruder, den wir bald kennenlernen würden, und zum ersten Mal in diesen ganzen letzten drei Wochen hatte ich plötzlich Lust, die Augen zu schließen und gar nichts zu tun, sondern einfach nur dazuliegen und zu warten, was als Nächstes kam.

Als es schrill und anhaltend an der Tür zu klingeln begann, war das Versteckspiel in vollem Gange und ich konnte hören, wie jemand auf der Suche nach dem Lichtschalter über Möbelstücke fiel.

»Vicky!«, schrie Linus. »Gehst du mal an die Tür?«

Ich beugte mich zur Seite. Irgendwo hier neben dem Couchtisch hatte vorhin eine Stehlampe gestanden, und Stehlampen haben normalerweise einen Knopf.

Es wurde hell. Wir blinzelten einander an. Die Türklingel schrillte immer noch, und plötzlich wusste ich, wer da draußen stand.

Juliane hatte Flammenwerfer in den Augen. Das Sprechen übernahm der weißhaarige Mann neben ihr, der trotz der Sommerhitze einen Mantel trug.

»Geben Sie die Kinder heraus, Herr Metternich«, befahl ihr Chef, der Anwalt.

Lebe wild und sei gefährlich

Oma Pippig geht ins Seniorenheim, Frau Gries hat es uns gestern erzählt. Ihre Tochter aus Zehlendorf war da, dann kam auch noch der Sohn aus Frankfurt am Main, und ich schätze, wenn du über achtzig bist, bist du einfach in derselben beschissenen Lage wie als Kind: Was mit dir passiert, bestimmen andere.

Dabei hätte Oma Pippig bestimmt weitergekämpft. Sie hat Flugblätter verteilt, zur Demo gegen *C. G. Weber Home Development* aufgerufen und sich an die Laterne vor unserem Haus gekettet, und alle möglichen Leute haben ihr zu ihrem Auftritt in der *Abendschau* gratuliert, der ohne die Sache mit der Laterne vielleicht nie gesendet worden wäre.

Nur den Sohn und die Tochter hat es überhaupt nicht beeindruckt, im Gegenteil. Sie fanden, mit dem Verstand von Oma Pippig ginge es jetzt offenbar rapide bergab.

»Und das Heim ist in Spandau«, berichtete Frau Gries erschüttert.

Auch das noch. Nach Spandau zu ziehen, muss fast so sein, als ob du aus Berlin weggehst. Du kannst dir lauter neue Bekannte suchen, weil es so weit draußen liegt, und sobald es Probleme mit der S-Bahn gibt, sind die Spandauer die Ersten, die abgehängt werden.

Die Sache mit Oma Pippig zog mich immer noch ganz schön herunter, dabei waren Dr. Engels und ich gut vorangekommen. Fünf Minuten vor Ende der Sitzung wusste ich nichts mehr zu erzählen! Das war mir schon lange nicht mehr passiert und ich schloss einen Moment die Augen, um mich zu vergewissern, dass ich wirklich nichts vergessen hatte.

Als ich die Augen wieder öffnete, fiel mein Blick auf meine neuen Chucks, und Dr. Engels' Blick fiel auch darauf, und zum ersten Mal seit zweieinhalb Jahren kamen wir auf das Thema Schuhe – den vermutlichen Grund, warum ich damals überhaupt bei ihm angemeldet worden war.

»Meine Enkeltochter trägt die auch gern«, sagte er.

»Echt? Rot und blau?«

»Das nicht gerade, aber es ist mir schon aufgefallen, dass du etwas verändert hast. Normalerweise kommst du mit verschiedenen Schuhen, etwa einer Sandale und einem Turnschuh. Heute sind es dieselben Schuhe, nur unterschiedliche Farben.«

»Weil man Chucks zu allen Jahreszeiten tragen kann«, erklärte ich. »Meine Mutter hat mir die blauen geschenkt, mein Vater die roten.«

»Sehr praktisch. Rot und Blau passt zu allem.«

Ich musste lächeln. Dr. Engels braucht man fast nichts zu erklären.

Ich tat es trotzdem: »Ich kann mich oft nicht entscheiden. Man weiß doch morgens nie, wie der Tag überhaupt wird. Meistens weiß man es selbst mittags noch nicht.«

Und als er nicht gleich antwortete: »Heißt das, ich spinne?«

»Überhaupt nicht. Wenn du mich fragst, ist es völlig egal, was du an den Füßen trägst. Wichtig ist doch nur, dass du damit dort ankommst, wo du hin willst.«

Draußen schlug mir die Hitze entgegen wie eine Wand. Der Boule-Platz war verwaist; Kreuzberger und Neuköllner, die im Schatten unter den Kanalbäumen keinen Platz mehr gefunden hatten, schleppten sich wie in Zeitlupe über die Thielenbrücke. An Deck der Passagierdampfer saßen die Leute unter aufgespannten Regenschirmen, im Wasser trieben tote Fische.

Der Einzige, der so fröhlich und zahnfleischig grinste wie immer, war Dr. Driss auf dem blöden Poster, dem man im Kiez neuerdings auf Schritt und Tritt begegnet. An der Bushaltestelle, der Plakatwand neben dem Lidl, der Litfasssäule vor der Bürknerstraße: überall Dr. Driss. Die kleinen Plakate mit der Werbung für Onkel Ömers Tour *Das Herz des Orients* kleben schräg unter seinem Kinn, denn jeder von uns hat jetzt immer eine Tube Pattex und ein, zwei Plakate dabei, um sie auf die neuen Dr.-Driss-Poster zu kleben, wenn wir welche sehen. Aber die Anmeldungen kannst du an zehn Fingern abzählen.

Neukölln für starke Nerven hingegen ist der Renner. Mittlerweile fahren mindestens drei Busse mit dem Konterfei von Dr. Driss herum, alle voll besetzt. Wahrscheinlich werden sie irgendwann eine Straße nach ihm benennen.

Aber ob wir das noch miterleben …? Juliane und Jonas warteten in unserer Wohnung auf mich und ich musste mich beeilen, wenn wir den Besichtigungstermin in der Kiefholzstraße schaffen wollten. Wenigstens lag die Kiefholzstraße nahe bei Neukölln. Die letzten Wohnungen, die wir angeschaut haben, waren in Tempelhof und Lichterfelde, aber da hätte ich mir rückblickend gar keine Sorgen zu machen brauchen. Die Hausverwaltung wollte keine Kinder, das hatte am Telefon nur niemand erwähnt, und außerdem waren unter den Interessenten Beamte. Dann kannst du gleich wieder gehen, sagt Juliane, dann hast du sowieso keine Chance. Fairerweise haben sich die Beamten beide Male sofort zu erkennen gegeben, damit unter den anderen Bewerbern keine falschen Hoffnungen aufkamen.

Mir lag auf der Zunge, dass wir auch einen Beamten kannten, der vielleicht sogar mit uns auf Wohnungssuche gehen würde, aber ich verkniff es mir. Juliane wird traurig, wenn die Rede auf Fred kommt, und ich war letzte Woche einfach noch nicht so weit, dass ich wusste, was ich will. Wo ich *hin* will, wie Dr. Engels es genannt hatte.

Und jetzt? Jetzt musste ich mich erst mal daran gewöhnen, dass ich es wusste, und die Kiefholzstraße noch mitnehmen, obwohl wir sie eigentlich sausen lassen konnten. Dreieinhalb Zimmer, das würde nicht reichen für Juliane, Jonas, Fred und mich.

Unser Haus sieht, seit das Gerüst verschwunden ist, von außen wieder fast so aus wie früher. Der frische Anstrich ist bereits mit Graffiti beschmiert, die nagelneue Dachterrasse nur von der anderen Kanalseite zu erkennen, und das blausilberne Schild mit der Aufschrift *C. G. Weber Home Development* fällt erst auf den zweiten Blick auf. Jeden Morgen um kurz vor neun treffen zwei Mitarbeiterinnen ein, die freundlich grüßen, wenn sie einem von uns begegnen. Noch trifft man sie im Treppenhaus, da der Aufzug zwar fertig, aber noch nicht in Betrieb ist. Frau Weber persönlich trifft man so gut wie nie, aber Rifat traut sich mit Braun trotzdem nicht mehr zu uns. Er hat immer noch Schiss wegen der Sache mit dem Maulkorb.

Die Wände im Treppenhaus sind jetzt in dunklem Gelb

gestrichen, alle Rohre unter den Putz verlegt. Auf den Stufen liegt ein roter Läufer, das Geländer ist sauber abgeschliffen und im Eingangsbereich hat Frau Weber zu beiden Seiten große Spiegel anbringen lassen. Wenn du reinkommst, siehst du jetzt also als Erstes, wie du immer kleiner wirst und nach hinten in der Wand verschwindest. Und tatsächlich fühle ich mich in unserem neuen Treppenhaus ganz fremd, so als würde ich schon nicht mehr hier wohnen.

Laut ist es immer noch: Im ersten Stock wird renoviert. Frau Weber hat allen Bewohnern eine Abfindung angeboten, damit wir ausziehen und sie unsere Wohnungen als Eigentumswohnungen verkaufen kann. Schluchts sind schon weg, Oma Pippig ist wohl die Nächste, und dass wir Metternichs nicht bleiben, ist ohnehin seit Wochen klar. Eigentlich schon seit dem Abend bei Linus und Vicky, als Julianes Chef die Sache in die Hand genommen und mit uns allen geredet hat. Erst einzeln, die Kinder zuerst, und am Ende hat er es tatsächlich geschafft, uns alle um ein und denselben Tisch zu setzen.

Julianes Chef hatte ich mir anders vorgestellt, und das nicht nur, weil das Foto auf seiner Website zwanzig Jahre alt ist. Er blieb ganz ruhig, als sich meine Eltern anschrien, gab meiner Mutter ein echtes Stofftaschentuch zum Hineinschluchzen und sagte zu Vicky: »Wären Sie so gut, dafür zu sorgen, dass es hier friedlich bleibt, während ich mit den Kindern rede?«

Vicky war genauso perplex wie wir, dass ausgerechnet sie für eine so große Aufgabe verantwortlich sein sollte, aber dann konntest du sehen, wie sie sich innerlich straffte und bereit machte. »Sie können ins Zimmer von unserem Max«, antwortete sie. »Da haben die Kinder eben schon aufgeräumt.«

Ich sah mich bei Max auf dem Bett sitzen und Herrn Löwenstein mir gegenüber auf dem Schreibtischstuhl, und dieses ernste kleine Lächeln, mit dem er mir zuhörte und von dem ich ganz überrascht war, weil ich gar nicht gewusst hatte, dass es so etwas gibt: ein ernstes Lächeln.

Und als ich später die Treppe herunterging, um Jonas zum Gespräch nach oben zu schicken, merkte ich auf dem Weg ganz plötzlich, dass wir es hinbekommen würden.

Nesrin weinte beinahe, als ich ihr erzählte, dass wir ausziehen. Das hatte ich eigentlich von mir selbst erwartet, aber ich blieb zu meinem Erstaunen gefasst.

»Die Kinderwohnung funktioniert nicht mehr«, erklärte ich. »Bei meinen Eltern hat sich einfach zu viel verändert. Sie haben überlegt, ob Juliane nicht einfach wieder bei uns einziehen soll, denn selbst wenn Frau Weber unsere Wohnungen verkauft, müssen die Mieter nicht sofort raus. Vielleicht lassen sich sogar ein paar Jahre herausschinden.

Aber bis dahin findet man vielleicht in ganz Berlin nichts Bezahlbares mehr, und dann stehen wir da.«

»Und jetzt?«

»Jonas und ich suchen mit Juliane eine neue Wohnung. Wenn wir in Neukölln bleiben, gehe ich auf jeden Fall weiter in deine Klasse.«

»Hoffentlich, hoffentlich, hoffentlich!«, murmelte meine Freundin, drückte die Daumen, bis ihre Knöchel weiß hervortraten, und trommelte sich mit den Fäusten beschwörend an den Kopf.

Einen Tag später lag ein an mich adressierter Umschlag im Briefkasten, der ein Foto von Nesrin und mir enthielt. Ein Foto aus Kindergartentagen, sonst nichts, und ich schickte Nesrin ein Bild von uns beiden in Clownskostümen zurück, worauf sie mit einem weiteren Foto antwortete. Jeden Tag finden wir beide jetzt etwas im Briefkasten – Fotos, alte Kinotickets oder eine Speicherkarte mit Musik, die wir in den letzten Jahren toll fanden. *Whenever Wherever!* Das hatte ich schon fast vergessen.

An diesem Nachmittag entdeckte ich nach der Rückkehr von Dr. Engels im Briefkasten einen der Starke-Nerven-Werbezettel, die Onkel Ömer ein paar Wochen lang in seinem Laden verteilt hatte. Das Besondere war aber nicht der Zettel selbst, das Besondere war das Bild auf der Rückseite, das uns alle zeigte: Nesrin und mich, Kasim und

Mustafa, Rifat mit Braun, Finn-Ole und Jonas und den Zeitschriftenladen von Onkel Ömer mit ihm selbst in der Tür. Sogar Ecki saß auf seiner Bank.

Ich war gerührt. Die Zeichnung war von Kasim! Er ist der Einzige von uns, der so etwas kann, und unter das Bild hatte er geschrieben: *Lebe wild und sei gefährlich.* Drei Ausrufungszeichen, sein Abschiedsgruß an mich.

Oder an uns. Denn plötzlich fiel mir ein, dass nicht nur Nesrin und ich unser Leben lang zusammen in diesem Haus gewohnt hatten. Sicher würden auch Jonas Andenken einfallen, die er in den Briefkasten der Kemals stecken konnte. Und vielleicht würde Kasim antworten.

Ich fühlte mich richtig beschwingt, als ich oben in der Wohnung ankam: in unserer Wohnung, die jetzt, Mitte August, auch wieder aussah wie früher. Wir hatten Strom und Wasser, durchs Fenster fiel das gewohnte Licht; es war, als hätte es die letzten Wochen gar nicht gegeben. Kaum bin ich in unserer Wohnung, fällt es mir schon wieder schwer, mir vorzustellen, dass wir bald ausziehen könnten.

»Wo bleibst du denn?«, begrüßte mich Juliane ungeduldig.

Sie war blass und missmutig, schlief immer noch schlecht und ging an die Decke, sobald ihr etwas an unseren Klamotten, unseren Antworten oder unserer generellen Haltung nicht passte. Aus ihrer Sicht waren Jonas und ich schuld, dass sie sich mit Fred zerstritten hatte. Trotz aller Sicherheitsvorkehrungen, die sie damals getroffen hatte, bevor sie ihn uns vorstellte.

»So etwas nennt man Loyalitätskonflikt«, hatte Dr. Engels mir erklärt. »Deine Mutter ist der Meinung, Herr Menzel hätte ihr sagen müssen, dass er von euren Stadtführungen wusste.«

»Aber das konnte er doch nicht, weil er uns versprochen hatte, nichts zu sagen!«

»Na eben. In den Augen eurer Mutter wäre er ihr verpflichtet gewesen, nicht euch, zumal ja nicht ganz ausgeschlossen war, dass ihr euch in Gefahr begebt.«

»Deshalb ist Fred doch hinter uns hergegangen«, erwiderte ich. »Er wollte einfach auf uns aufpassen. Mal ehrlich, ich verstehe meine Mutter nicht. Ich an ihrer Stelle würde mich wie verrückt freuen, wenn mein neuer Freund etwas für meine Kinder täte.«

»Ich schätze«, meinte Dr. Engels, »das hat Herr Menzel auch gedacht. Sonst hätte er wahrscheinlich den Mund gehalten. Er wollte sie beruhigen, aber der Schuss ging nach hinten los.« Er beugte sich vor. »Wie habt ihr den Grund für ihre Trennung eigentlich erfahren?«

»Als Juliane endlich ans Telefon ging, ist sie so laut geworden, dass Jonas und ich alles mithören konnten. Schön war das nicht. Aber kann man überhaupt von Trennung sprechen? Wenn meine Mutter immer noch traurig ist, ist es doch eigentlich nicht vorbei, oder?«

»Ein Gedanke, auf dem man aufbauen kann«, bekannte Dr. Engels.

»Das denke ich auch«, erwiderte ich. »Sie dürfen Herrn Menzel ab jetzt übrigens ruhig Fred nennen, wenn Sie wollen.«

Noch während Juliane, Jonas und ich in den Bus stiegen, war ich in dieser ganz besonderen Stimmung: halb vergnügt, weil ich mir meiner Sache plötzlich so sicher war, und halb besorgt, weil ich noch keine Idee hatte, wie ich meinen Plan bewerkstelligen sollte. Ich verließ mich darauf, dass noch reichlich Zeit sein würde, mir etwas zu überlegen. So schnell, dass für Fred kein Platz mehr war, würden wir bestimmt keine Wohnung finden!

Vor dem Haus in der Kiefholzstraße standen weniger Interessenten als bei unseren vorhergehenden Wohnungsbesichtigungen – vielleicht, weil ganz in der Nähe die neue Autobahntrasse gebaut wird. Das machte mich gleich ein wenig stutzig. Aber was mich wirklich erschreckte, war das Strahlen, mit dem die Hausverwalterin speziell uns drei Metternichs begrüßte.

»Wir haben viele Kinder im Haus«, sagte sie. »Mein Mann und ich finden, dass Familien unterstützt werden müssen.«

Die Interessenten ohne Kinder tauschten Blicke. So ähnlich hatten wir in Tempelhof und Lichterfelde auf die Beamten reagiert.

Eine halbe Stunde später winkte die Verwalterin mit unserer Bewerbungsmappe und rief: »Ich denke, wir hören voneinander!«

Während der Besichtigung hatte ich nichts gesagt, nur versucht, so unsympathisch wie möglich dreinzuschauen, aber auf der Rückfahrt im Bus konnte ich nicht mehr an mich halten. »Die Wohnung gefällt mir überhaupt nicht«, platzte ich heraus.

»Mir auch nicht«, erklärte Jonas.

Er saß auf der Bank hinter uns, die Arme verschränkt, und starrte mürrisch aus dem Fenster. Es steigerte unsere Laune nicht gerade, dass in der Sonnenallee ein riesiges Dr. Driss-Plakat gerade in dem Moment auf eine Werbetafel gekleistert wurde, als wir dort vorbeifuhren.

»Wenn wir die Wohnung bekommen, nehmen wir sie«, setzte Juliane streng an. »Glaubt nicht, eine alleinerziehende Mutter mit zwei Kindern könnte sich in Berlin noch ...«

Sie brach abrupt ab, reckte den Hals und starrte intensiv an mir vorbei aus dem Fenster, aber der Fahrradfahrer, den der Bus gerade überholte, hatte nur von hinten und für einen kurzen Moment wie Fred ausgesehen.

Danach ging ihr Blick ins Leere, wie so oft in den letzten Wochen, und ich fragte mich wieder einmal, wieso es eigentlich so schwer ist, miteinander zu reden. Zuzuhören, wenn der andere etwas sagt, und sich danach Zeit für eine gute Antwort zu nehmen, während der andere auf *dich* wartet. Ja, warum muss man immer so schnell sein mit den richtigen Worten, warum gönnt man sich keine Pause, bis man weiß, was man wirklich sagen will? Warum kann man ein Gespräch, das schief gelaufen ist, nicht einfach zurückspulen? Noch einmal in den Raum kommen, noch einmal guten Tag sagen, noch einmal von vorn beginnen – so lange, bis alles stimmt.

Und wer behauptet eigentlich, dass man das alles nicht kann?

Das letzte Drehbuch

Im Inneren der nagelneuen Sicherheitstür ertönte ein vornehmer Summton, nachdem ich auf den Klingelknopf gedrückt hatte, und Nesrin trat erschrocken einen Schritt zurück und flüsterte: »Bist du sicher?«

»Klar, ich bin doch angemeldet!«

Dabei klopfte auch mein Herz bis zum Hals – aber diesen Sommer hatten meine Freundin und ich ganz andere Mutproben überstanden, wie ich fand.

Dies war die nächste: Ich, Pia Metternich, hatte am Mittwoch, dem 19. August um 15 Uhr einen Termin bei *C. G. Weber Home Development*. Und irgendwie hatte ich bereits geahnt, dass statt der freundlichen jungen Mitarbeiterinnen die Chefin persönlich auf mich wartete. Mein Herz rutschte vom Hals in die Hosentasche, als sie uns auf der anderen Seite der Tür entgegenkam.

»Da seid ihr ja«, schnarrte Frau Weber, als sei sie überhaupt nicht erstaunt, dass wir zu zweit gekommen waren.

Ich musste erst einmal blinzeln. Unser alter Dachboden! Alles war hell und weiß, durch mehrere Oberlichter warf die Sonne kegelförmige Strahlen in den Raum. Im vorderen Drittel des neu entstandenen Büros befand sich der Empfang, dahinter war eine neue Wand eingezogen worden, an der Schwarzweißfotos hingen.

»Seht es euch ruhig an«, forderte Frau Weber uns auf. »So hat unser Haus vor hundert Jahren ausgesehen. Ich habe die Bilder in einem Archiv gefunden.«

Unser Haus, sagte sie wie selbstverständlich, und Nesrin und ich schlüpften mutig an der Mitarbeiterin am Empfang vorbei und betrachteten hinter ihrem Rücken die drei Fotos.

»In meinem Büro hängen Bilder von der ganzen Straße«, bemerkte Frau Weber und hielt die Tür zu den Räumen hinter der Anmeldung auf.

Wo unsere Mütter früher Wäsche aufgehängt hatten, stand die neue Dachterrassentür offen. Unter einem Sonnensegel dösten Palmen in großen Kübeln.

»Bitte, wenn ihr wollt …«

Mit einer Handbewegung lud Frau Weber uns ein, auch den Balkon zu besichtigen. Wir ließen es uns nicht zwei Mal sagen, schließlich hatte keine von uns je zuvor Gelegenheit gehabt, aus der Höhe unseres eigenen Daches auf Neukölln zu schauen. Der Blick ging über die Baumwipfel hinweg zu den Dächern am Kreuzberger Kanalufer, weit hinten war sogar der Fernsehturm zu erkennen, dessen Kuppel in der Sonne blitzte. Im Gegensatz zur Straße, wo es vor Hitze flirrte, wehte hier oben sogar ein kleiner Luftzug.

»Sehr schön«, sagte ich. Weil ich höflich sein wollte, und weil alles andere sowieso gelogen gewesen wäre.

Als Nesrin und ich zurück ins Büro traten, entdeckten wir ein weiteres Foto. Gerahmt stand es auf Frau Webers Schreibtisch und zeigte den verstorbenen Harald F., den ich schon ganz vergessen hatte. Bisher hätte ich mir allerdings auch gar nicht vorstellen können, dass die mürrische Frau Weber einmal einen Liebsten gehabt, vielleicht sogar um ihn geweint hatte.

»Na, dann schießt man los«, sagte sie, nachdem wir alle drei Platz genommen hatten. »Ich muss zugeben, ich bin gespannt. Was kann ich für euch tun?«

Danach ging alles fast von selbst. Beinahe wenigstens. Nur drei Wohnungen mussten Jonas, Nesrin und ich angucken, bis wir die richtige gefunden hatten, und Frau Weber fuhr uns persönlich noch am selben Nachmittag von einer zur anderen, damit nicht etwa der befürchtete Mietvertrag aus der Kiefholzstraße in die Quere kam.

Dabei begann die Tour mit einer richtig schlechten Nachricht. Die großen, bezahlbaren Wohnungen, die Wohnungen, die du als Familie überhaupt noch eine Chance hast, dir auszusuchen, liegen am Stadtrand. Das sagte Frau Weber uns gleich, und als wir in ihrem Auto durch Teile Berlins fuhren, in denen ich noch nie gewesen war, weiter und weiter hinaus, hätte ich am liebsten alles wieder abgeblasen.

Aber das traute ich mich nicht zu sagen. Und gucken konnte man ja mal, nur zur Information, da war gar nichts dabei. Das war der Plan, mit dem ich in Spandau aus dem Auto stieg.

Und dann? Dann stehst du, obwohl du dein ganzes Leben in einem einzigen Haus gewohnt hast, in völlig fremden vier Wänden und kannst dich plötzlich darin *sehen*. Du siehst, wo der Schreibtisch stehen wird, an dem du deine Hausaufgaben machst. Du siehst, wo dein Bett stehen wird, wo du einschläfst und aufwachst und wie du morgens durch den Flur zum Bad tappst. Du siehst, wo das Sofa und der Esstisch und der Fernseher stehen werden, und an welcher Wand du sitzen willst, wenn du mit deiner Mutter, Jonas und Fred frühstückst.

»Natürlich muss hier noch ein klein wenig getan werden«, räumte Frau Weber ein.

Jonas und ich waren ganz still geworden, das machte sie vielleicht ein wenig nervös. Seit drei Stunden war sie mit uns unterwegs und die Zeit, die sie uns geschenkt hatte, war teuer. Vielleicht bedauerte sie bereits, dass sie sich auf uns eingelassen hatte.

Frau Weber konnte ja nicht wissen, dass wir weder die zerfetzten Tapeten noch die morschen Dielen noch das gammelige Badezimmer vor Augen hatten. Ich spürte, dass auch mein Bruder schon ganz genau erkennen konnte, wie es hier einmal aussehen würde.

»Der neue Eigentümer hat das Objekt als Geldanlage gekauft und will nicht selbst hier wohnen. Eigenarbeit würde sich also lohnen und ihr hättet Sicherheit, so lange bleiben zu können, wie ihr wollt«, lockte Frau Weber.

»Es ist aber ganz schön viel Eigenarbeit«, bemerkte Nesrin.

»Deshalb käme euch der Eigentümer mit der Miete ja auch entgegen«, erwiderte Frau Weber, als hätte sie uns dies schon längst mitgeteilt.

»Na, ich weiß nicht«, murmelte meine Freundin. »Ausgerechnet Spandau …«

»Aber nicht weit von hier fährt die U7«, trumpfte Frau Weber auf. »Nur wenige Minuten zu Fuß und ihr kommt ohne umzusteigen nach Neukölln. Die Haltestelle heißt wie der Ortsteil: Haselhorst. Ein hübscher Name, findet ihr nicht?«

Wenn sie anfangen, mit dem hübschen Namen der Haltestelle zu werben, wollen Makler eine Wohnung ganz dringend loswerden, das ist dir selbst als Kind und bei deinem ersten eigenen Besichtigungstermin klar.

»Dürfen wir uns mal kurz besprechen?«, fragte Jonas.

Wir standen auf dem Balkon, die Tür angelehnt. »U7 ist in Ordnung«, beschloss mein Bruder. »Die U7 fährt sogar bis zu Linus.«

»Kann man noch in Neukölln zur Schule gehen, wenn man in Spandau wohnt?«, flüsterte ich.

Nesrin erwiderte: »Kannst du. Du hast doch deinen Platz schon, und den darfst du auch behalten. Du musst halt morgens früher aufstehen.«

»Und woher weißt du das?«

»Mein Vater hat sich für mich erkundigt«, gab sie zu. »Wir haben uns schon gedacht, dass ihr in Neukölln nichts mehr findet.«

Sie legte den Arm um mich. Zu dritt schauten wir vom Balkon in den kleinen grünen Hinterhof, hörten, dass auch hier Spatzen in ihrer Birke zwitscherten, und ich konnte fühlen, wie unser Abschied wahr wurde. Wie ich nie wieder einfach in den ersten Stock würde laufen können, wenn ich Nesrin etwas erzählen wollte. Nie wieder mal eben über die Brücke zu Dr. Engels, nie wieder am Boule-Platz auf meine Freunde warten, und wenn ich Onkel Ömer besuchte, würde es nicht mehr Nebenan sein.

Aber ich spürte auch, wie ein kleiner Teil von mir bereits

hier, an diesem neuen Ort blieb, als wir etwas später nach Neukölln zurückfuhren.

»Ich kann euch die Wohnung bis Ende des Monats freihalten«, teilte Frau Weber uns mit. »Bis dahin müsste eure Mutter sich entschieden haben. Ihr könnt den Schlüssel jederzeit in meinem Büro abholen.«

»Danke«, murmelten Jonas und ich.

»Ich wünschte, die Mieter würden uns einfach ansprechen«, sagte sie. »So wie ihr es gemacht habt. In den meisten Fällen können wir den Leuten andere Wohnungen anbieten, aber nein, immer muss es gleich vor Gericht gehen.«

Sie kniff die Lippen zusammen. Für einen langen Augenblick sah sie wieder aus wie die unfreundliche Frau Weber, die wir kannten.

Jonas sagte leise: »Für Sie sind es nur Wohnungen. Für uns war es unser Zuhause.«

»Glaubst du, das ist mir nicht klar?«, erwiderte sie. »Aber so läuft es nun mal, junger Mann. Euer Haus war auf dem Markt. Wenn ich es nicht gekauft hätte, hätte es ein anderer getan.«

»Aber warum können die Mieter nicht trotzdem bleiben?«, fragte Nesrin.

»Der Kaufpreis war hoch. Ich musste mir eine Menge Geld von der Bank leihen. Die Investition rechnet sich nur, wenn ich die Wohnungen verkaufe«, erklärte Frau Weber.

Wir sagten nichts. Wir fuhren schweigend durch Berlin und nach ein paar Minuten fügte sie hinzu: »Ich werfe niemanden raus, nicht mal Herrn Schnuck. Ihr könnt in aller Ruhe nach einer neuen Wohnung suchen. Das gilt auch für deine Familie, Nesrin.«

Da setzte sich meine Freundin sehr aufrecht hin. »Bei uns ist das etwas völlig anderes«, sagte sie streng. »Wir gehen nicht freiwillig, damit Sie's wissen, und Frau Gries auch nicht.«

Frau Weber murmelte etwas, das ich nicht verstand, und der Rest unserer Rückfahrt verlief etwas weniger freundlich. Sie hatte uns geholfen, ja. Sie hatte sich richtig Mühe mit uns gegeben, und das rechnete ich ihr hoch an. Aber gleichzeitig war sie dafür verantwortlich, dass unsere Hausgemeinschaft zerriss; sie hatte nur ihre Investition gesehen, tat dies vielleicht immer noch, selbst nachdem sie uns kennengelernt hatte, und ich war froh, dass wenigstens einige unserer Nachbarn sich wehren würden.

Auch wenn der Gedanke, dass wir nicht mehr dabei sein würden, mein Abschiedsgefühl noch verstärkte.

Am nächsten Tag konnte Jonas den Mietvertrag aus der Kiefholzstraße gerade noch aus dem Briefkasten fischen, bevor Linus ihn fand und an Juliane weiterleitete. Mein Bruder versteckte den Umschlag in seiner Sockenschublade, nicht besonders einfallsreich, wie ich fand, aber uns war ohnehin klar, dass wir schnell handeln mussten.

Und dies ist das Drehbuch für unsere allerletzte Tour mit der Starke-Nerven-Crew:

Szene 1

Schloss Charlottenburg, 22. August 2015 zwischen 12 und 14 Uhr.

Pia und Jonas picknicken mit Juliane am Ufer im Schlossgarten.

Die Szene enthielt nur einen einzigen Satz, aber sie erforderte einen ganzen Tag der Vorbereitung. Frau Kemal half uns mit der Zubereitung des Essens, Onkel Ömer spendierte die Getränke, Linus packte am nächsten Morgen alles in Kühltaschen und dann warteten wir wie jeden Samstag auf den Schichtwechsel meiner Eltern.

Juliane war nicht besonders erstaunt, Linus noch in der Wohnung vorzufinden. Seit dem Abend mit Herrn Löwenstein gehen meine Eltern anders miteinander um – höflich, manchmal sogar fröhlich, aber auch mit viel Abstand zwischen ihnen. Ich glaube nicht, dass sie je wieder streiten werden.

»Die Kinder haben sich eine Überraschung für dich ausgedacht«, sagte mein Vater und lächelte meine Mutter an. »Sie laden dich zum Picknick ein. Wir können gleich losfahren, ich setze euch ab. Es geht ins Schloss Charlottenburg.«

»Nach Charlottenburg«, rief Juliane überrascht. »Warum denn so weit?«

»Ach, im Böcklerpark waren wir doch schon so oft«, meinte Jonas.

»Ich weiß nicht. Bei dieser Hitze …«

»Aber wir haben alles schon vorbereitet!«, rief ich. »Es gibt Sesamkringel, Wassermelone, Hähnchen, Humus und Salat! Bei dem Wetter ist es genau das Richtige.«

»Na schön«, meinte Juliane und du konntest sehen, dass sie sich zu freuen begann, vielleicht sogar ein wenig gerührt war. »Dann ziehe ich mir schnell etwas anderes an …«

»Etwas Hübsches!«, verlangten mein Vater, mein Bruder und ich im Chor.

Meine Mutter schüttelte lächelnd den Kopf. Ein erstes Fragezeichen stand ihr im Gesicht. Später, im Auto, wollte sie wissen, ob es irgendetwas gäbe, das wir ihr sagen wollten, aber wir verrieten natürlich nichts.

Szene 2

Vor Freds Haus, zwischen 11 und 12 Uhr.

Fred kommt aus seiner Wohnung und kriegt einen Riesenschreck: Sein Fahrrad, das er immer an der Laterne anschließt, ist fort!

Rein zufällig steht Herr Runge mit seinem Taxi da.

Herr Runge: War das Ihr Rad? Ein Junge ist gerade damit weggefahren. Wenn wir uns beeilen, kriegen wir ihn.

Szene 2 klappte wie am Schnürchen. Fred sprang ohne zu zögern in Herrn Runges Taxi und Finn-Ole, der auf der anderen Straßenseite gewartet hatte, gab uns durch, dass die Sache lief. Er war hochzufrieden, dass er dank Facebook fast auf die Minute genau hatte sagen können, wann Julianes Liebster sein Haus verlassen würde, um am Kanal entlang zu joggen.

Mustafa, der Fahrradknacker, hätte den Sprint durch die halbe Stadt nicht durchgehalten, also übernahm Kasim am Paul-Lincke-Ufer, und als hätten er und Herr Runge die Szene vorher geübt, schafften sie es tatsächlich, durch geschicktes Verlieren und Wiederauftauchen des Fahrraddiebs bis nach Charlottenburg zu kommen, ohne dass Fred Lunte roch.

Szene 3

Parkplatz vor Schloss Charlottenburg, zwischen 13 Uhr und 14 Uhr.

Herr Runge und Fred kommen kurz vor Kasim am Schloss Charlottenburg an. Das Taxi wartet, Fred läuft in den Park.

An dieser Szene hatten wir länger herumgetüftelt: Wie konnten wir es schaffen, dass Herr Runge mit Fred noch vor Kasim im Park ankam? Denn sie waren es ja, die Kasim verfolgten, doch Autos sind im Schlosspark natürlich nicht erlaubt.

Die Lösung war schließlich ganz einfach.

»Ich weiß, wo er hin will!«, rief Herr Runge auf der Otto-Suhr-Allee. »Der will durch den Schlossgarten. Mist, da kann er uns abhängen!«

»Dann fahren wir eben voraus und warten auf ihn. Sie bleiben im Taxi und ich fange den Burschen im Park ab!«, beschloss Fred, von Jagdfieber gepackt.

»Ausgezeichnete Idee«, meinte Herr Runge zufrieden.

Szene 4

Schloss Charlottenburg, zwischen 13 und 14 Uhr.

Fred trifft völlig überraschend auf Juliane.

Eine verdammt knappe Regieanweisung, aber was blieb uns übrig? Wir konnten schließlich nur vorhersehen, dass zwischen dem einzigen Satz in Szene 4 und seinen Folgen in Szene 5 Dinge zu passieren hatten, die wir dem Schicksal überlassen mussten:

Szene 5

Fahrt nach Spandau, zwischen 13 und 15 Uhr.

Fred, Juliane, Jonas und Pia fahren in Herrn Runges Taxi nach Spandau.

Der Schlossgarten in Charlottenburg war uns als Schauplatz nicht nur eingefallen, weil er auf der Strecke nach Spandau liegt. Er ist, was Jonas, Nesrin und ich unter romantisch verstehen. Wenn du auf der Wiese sitzt, liegen hinter dir das Schloss und der wunderschöne Garten, vor dir die Spree. Am Ufer flanieren Spaziergänger, du siehst Familien mit Kindern, alte Damen mit Hunden, Jogger und Radfahrer. Es gibt die ganze Zeit etwas zu gucken.

Du kannst aber auch nur auf deiner Decke liegen und träumen. Für diese Variante entschied sich Juliane, nachdem wir fertig gepicknickt hatten. Sie lag mit geschlossenen Augen da, einen traurigen Zug um den Mund, und ich hoffte so sehr, dass es mit ihrem Kummer bald vorbei sein würde, dass ich beinahe Kopfschmerzen bekam.

Ich träumte auch ein wenig, konnte nichts dagegen tun, obwohl ich hatte aufmerksam sein wollen wie ein Luchs. Ich musste an den Abend denken, als Juliane und Linus uns mitgeteilt hatten, dass sie sich scheiden lassen würden, und wie wir es unaufhaltsam auf uns hatten zukommen sehen. Daran, dass wir nun, drei Jahre später, versuchen wollten, ob es auch anders ging. *Wir können etwas ändern!* Dass wir uns irrten, konnte ich mir schon nicht mehr vorstellen. Wir hatten keinen Plan B, nur den festen Vorsatz, nicht mit einer traurigen Juliane in die Kiefholzstraße zu ziehen. Etwas Neues kannst du nur beginnen, wenn irgendeiner damit glücklich ist und die anderen ansteckt.

Linus fand das auch. Ich stellte mir vor, wie er jetzt mit Vicky gespannt auf unseren Anruf wartete, ob alles geklappt hatte.

Als Jonas' Handy leise surrte, schreckte ich aus meinem Tagtraum auf und er nickte mir zu. Es war die vereinbarte Nachricht von Herrn Runge: *Das Taxi ist da.*

Auch Kasim musste die Nachricht bekommen haben, denn im selben Moment, als wir Fred entdeckten, der über den Rasen in Richtung Ufer gerannt kam, setzte sich Nesrins Bruder mit dem Fahrrad in Bewegung – von der Stelle unter der Schlossbrücke, wo er, unbemerkt von uns, die letzten Minuten schon auf seinen Einsatz gewartet haben musste.

Natürlich hatten wir es so einzurichten gewusst, dass unsere Picknickdecke auf direktem Weg zwischen dem Haupteingang und dem Uferweg lag. Fred konnte uns nicht verfehlen.

»Haltet den Dieb!«, schrie er und sprintete mit großen Schritten auf uns zu, verfolgt von einem winzigen, kläffenden Jack-Russell-Terrier mit schleifender Leine, der ihn fortwährend von hinten in die Hacken kniff.

Spaziergänger blickten sich verdutzt um. Sonnenanbeter richteten sich von ihren Decken auf. Kasim trat in die Pedale wie verrückt und es war klar, dass nur er gemeint sein konnte, aber niemand machte Anstalten, sich ihm in den Weg zu stellen. Dies war Charlottenburg! Auf Fahrraddiebe ist man hier nicht eingestellt, die alten Damen mit ihren Hündchen schon gar nicht.

Die Einzige, die aufsprang, war meine Mutter. Fred war so verblüfft, dass er unversehens bremste und über den Jack Russell fiel. Er landete punktgenau auf unserer Picknickdecke, mitten zwischen den Resten von Humus und Wassermelone.

Und in dieser Minute, als uns sogar ein fremder kleiner Hund zu Hilfe kam, wusste ich, dass nichts mehr schief gehen konnte.

»M-mein F-fahrrad«, stammelte Fred, während er sich aufrappelte, und wies verdattert hinter Kasim her.

Dabei stand ihm der Mund offen und jeder konnte sehen, dass sein Fahrrad so ziemlich das Letzte war, das ihm gerade durch den Kopf ging.

»D-dein F-fahrrad?«, hauchte Juliane ebenso fassungslos.

Fred wies auf den Ausgang und stotterte: »M-mein Taxi w-wartet.«

Aber da hatten Jonas und ich unsere Picknickreste bereits zusammengerafft, stopften sie mitsamt der Decke zurück in den Korb und erklärten den staunenden Erwachsenen: »Beeilt euch! Den kriegen wir! Wir kommen mit!«

Szene 6

Haselhorst. Vor und in der Wohnung, zwischen 15 und 16 Uhr.

Nesrin wartet am Fenster auf Kasim und betätigt den Türdrücker. Er trägt das Fahrrad ins Haus, was vom Taxi aus gut zu sehen sein muss. Da Nesrin den Türdrücker weiter drückt, kommen auch Fred, Juliane, Jonas und Pia hinein und folgen Kasim in die Wohnung.

Im Taxi herrschte eine merkwürdige Stimmung. Niemand sagte ein Wort; stattdessen konnten wir beobachten, wie Fred, der auf dem Beifahrersitz saß, durch den heruntergeklappten Spiegel die Augen nicht von Juliane wenden konnte. Sie saß hinter ihm und versuchte erfolglos, seinen Blick nicht zu erwidern. Seitdem weiß ich, wie Leute aussehen, die unter Schock stehen. Meiner Mutter fiel nicht einmal auf, dass wir hinter jemandem herjagten, den sie seit dreizehn Jahren kannte.

Als Herr Runge plötzlich rief: »Da ist er!«, zuckten wir alle zusammen und ich musste mir erst mal in Erinnerung rufen, dass wir noch gar nicht am Ziel waren. Jonas und ich wollten einander schon fast gratulieren, dabei strampelte sich der arme Kasim auf Freds Fahrrad immer noch die Zunge aus dem Hals.

Unser Anführer, der noch nie in Spandau gewesen war, hatte nichts dem Zufall überlassen: Er hatte sich die Route mit Hilfe einer Fahrrad-App so genau eingeprägt, dass er mit traumhafter Sicherheit geradewegs auf unser künftiges Zuhause zusteuerte. Sogar die Ampeln schalteten im richtigen Augenblick auf Grün. Der Jack-Russell, die Ampeln – es kam mir vor, als hätte eine höhere Macht beschlossen, dass unsere Familie nun auch mal dran war mit dem Glück.

»Da brat mir doch einer einen Storch«, sagte Herr Runge. »Der Trottel schleppt das Rad tatsächlich ins Haus! Jetzt haben wir ihn.«

Vor dem Haus konnte er es nicht lassen und legte noch einmal die rasante Schleuderbremsung hin, die er mit

Selim und Hatice mehrere Wochen lang für die Starke-Nerven-Tour geprobt hatte. Wahrscheinlich war ihm klar, dass dies seine letzte Gelegenheit sein würde. Einige unserer künftigen Nachbarn standen wie angewurzelt auf ihrem friedlichen Spandauer Pflaster, und sie staunten noch mehr, als wir aus dem Taxi sprangen, kaum dass es zum Stehen gekommen war, und aufs Haus zu rannten.

Da guckt ihr! Wir sind aus Neukölln!

Um Kasims willen war ich froh, dass er zu unserer neuen Wohnung nur in den zweiten Stock hinauf musste. Dennoch konnten wir ihn, als wir ins Haus kamen, durchs ganze Treppenhaus schnaufen und prusten hören. Wiederholt schepperte und rumste es, als das Fahrrad gegen Wand oder Treppengeländer stieß, und ich hoffte, dass im allerletzten Augenblick nicht noch irgendein Materialschaden angerichtet wurde. Andererseits – ein Blick auf Fred und ich wusste, dass ihm nicht nur egal war, was aus seinem Rad wurde, sondern dass er bereits völlig vergessen hatte, warum wir überhaupt hier waren. Er konnte von Glück reden, dass keiner seiner Schüler ihn so erlebte.

Vor der angelehnten Wohnungstür war es still, als wir dort ankamen. Kasim konnte nicht mehr als zwei Sekunden Zeit gehabt haben, das Rad im Flur unserer neuen Wohnung abzustellen und mit Nesrin ein Stockwerk höher zu flüchten, aber es war ihnen gelungen. Nur wenn du sehr genau lauschtest, konntest du wenige Meter über uns jemanden buchstäblich aus dem letzten Loch pfeifen hören.

»Hier muss es sein«, flüsterte Jonas.

»Warte! Lass mich vorgehen!«, raunte Fred und schob meinen Bruder beiseite.

Er tippte die Wohnungstür mit dem Zeigefinger an und sie glitt lautlos nach innen. Du konntest den leeren Flur sehen, und das Fahrrad, das an die Wand gelehnt war. Geradeaus das Wohnzimmer, in dem Nesrin die Rollos halb nach unten gelassen hatte und aus dem fremde Stimmen zu hören waren. Statt romantischer Musik hatten im Radio leider genau in diesem Moment die Nachrichten begonnen.

»Hallo?«, rief Fred gedämpft und tat einen Schritt in die Wohnung.

»Sei vorsichtig, Schatz«, flüsterte Juliane und umklammerte seinen Arm.

Ich fürchtete schon, sie wollte ihn zurückhalten – dann wäre unser ganzer schöner Plan im Eimer gewesen. Aber sie packte ihn einfach am Arm und ging mit in die Wohnung, wir brauchten nur hinter ihnen die Tür zuzuschlagen.

Blitzschnell war Nesrin bei uns und drehte den Schlüssel im Schloss.

Einen Augenblick später rief Freds Stimme: »He! Was ist denn jetzt los?«

»Haben die uns eingeschlossen?«, hörten wir Juliane ungläubig fragen.

»Hallo? Was soll das denn? Pia! Jonas! Macht die Tür auf!«

Ich lehnte mich gegen die Tür. Ich konnte beinahe spüren, dass Juliane und Fred auf der anderen Seite standen. Es war, als wäre keine Tür zwischen uns.

»Geht ins Wohnzimmer«, sagte ich und versuchte vergebens, das Kichern zu unterdrücken, das in meine Kehle stieg.

»Bist du noch recht gescheit? Mach sofort die Tür auf!«, rief meine Mutter.

Aber Jonas antwortete nur: »Im Wohnzimmer liegt ein Brief für euch. Ihr könnt uns jederzeit auf dem Handy anrufen.«

Kasim kam nun auch die Treppe herunter und zu viert drückten wir unsere Ohren an die Tür. Wir hörten flüsternde Stimmen, und wie sie sich entfernten. Wie es ganz still wurde, minutenlang. Jetzt mussten sie den Tisch gefunden haben, den Nesrin gedeckt hatte, während wir im Schlossgarten waren. Kerzen, eine Flasche Wein, zwei Gläser. Dazu den kurzen Brief, den Jonas und ich geschrieben hatten:

»Liebe Mama, lieber Fred, das ist die Wohnung, in der wir mit euch wohnen wollen. Linus, Herr Kemal, Kasim, Nesrin und alle unsere Freunde aus der Starke-Nerven-Tour würden beim Renovieren helfen. Herr Runge, der Taxifahrer, übrigens auch.

Überlegt es euch. Trinkt ein Glas Wein und vertragt euch. Wenn ihr miteinander geredet habt, lassen wir euch wieder raus. Euer Jonas und eure Pia.«

Wir stiegen ins Taxi. Herr Runge hatte im Schatten geparkt; er hatte Wasser und ein großes Handtuch für Kasim dabei und während wir warteten, machten wir uns über die Reste unseres Picknicks her.

Kasim war durchgeschwitzt, aber konnte nicht aufhören, sich zu beglückwünschen: »Tolles Drehbuch. Lief wie am Schnürchen. Alles im Griff!«

Nesrin war hochzufrieden. »Ich glaube nicht, dass sie so schnell herauskommen«, meinte sie und stieß mich verschwörerisch an.

Aber das war eine ziemlich sichere Wette, denn Juliane und Fred waren zu diesem Zeitpunkt bereits seit über einer halben Stunde in der Wohnung, ohne dass Jonas' oder mein Handy geklingelt hätte.

Mein Bruder sagte nichts, gab mir nur einen leichten Fußtritt und grinste. Dann zückte er sein Handy und tippte unsere Nachricht an Linus.

Und ich? Ich kuschelte mich in den Rücksitz und schloss die Augen, konnte fühlen, wie mein Lächeln sich übers ganze Gesicht ausbreitete, bis ich es in den Ohrläppchen spürte. Wie es vom Kopf in den Bauch rutschte, in die Fingerspitzen. Glück ist ansteckend, ich hatte es doch gewusst!

Von mir aus konnten wir den ganzen Tag hier sitzen bleiben.

Anklopfen auf eigene Gefahr!

Łukasz weiß gar nicht, wie ihm geschieht: Auf einmal taucht eine Frau bei ihm auf und behauptet, sie sei seine Tante. Und weil Łukasz' Mutter im Krankenhaus liegt, nimmt die Fremde ihn kurzerhand mit. Und so landet Łukasz in ihrer kleinen, ziemlich heruntergekommenen Pension auf dem Land. Ganz geheuer ist ihm nicht bei der ganzen Sache. Und seine Ahnung trügt ihn nicht: Als er auf seinen Streifzügen durch die Pension die blaue Tür entdeckt und herausfindet, was dahintersteckt, landet Łukasz im größten Abenteuer seines Lebens ...

Marcin Szczygielski
Hinter der blauen Tür
Aus dem Polnischen
von Thomas Weiler
320 Seiten, gebunden